毕淑敏散文精选

青少卷

毕淑敏 著

黎炳晨　唐旭华　点评

长江出版传媒

长江文艺出版社

图书在版编目（CIP）数据

毕淑敏散文精选.青少卷 / 毕淑敏著；黎炳晨，唐
旭华点评. — 武汉：长江文艺出版社，2019.4（2024.1 重印）
ISBN 978-7-5702-0811-1

Ⅰ.①毕… Ⅱ.①毕… ②黎… ③唐… Ⅲ.①散文集
—中国—当代 Ⅳ.①I267

中国版本图书馆 CIP 数据核字(2019)第 018521 号

责任编辑：李 艳　　　　　　　　责任校对：毛季慧
装帧设计：龙 梅　　　　　　　　责任印制：邱 莉 杨 帆

出版：长江出版传媒　　长江文艺出版社

地址：武汉市雄楚大街 268 号　　　　邮编：430070
发行：长江文艺出版社
http://www.cjlap.com
印刷：武汉新鸿业印务有限公司

开本：640 毫米×970 毫米　　　1/16　印张：15.25
版次：2019 年 4 月第 1 版　　　2024 年 1 月第 4 次印刷
字数：172 千字

定价：28.00 元

第一辑

给人生加个意义

人生如带

人类送往太空的礼品中，有一盘录有声响的带子。

其他星球上的生物，有一天将凭着这带子认识我们地球人。

能在这样的带子上留下痕迹，该是至上的光荣。

人生的节奏越来越快。

好像有一只无形的狼犬追逐着我们，每个人都在和冥冥之中的某种速度竞赛。

有一个主宰一切的幽灵，拧紧我们的每一寸筋骨，驱使我们向前。

这是怎样一种至尊无上的力量？

它就是生命的不可重复性。

每个人诞生的时候，都是上帝之手涂抹干净的一盘磁带。伴随我们的生命，它开始缓缓地转动，录下大自然的风雨，录下慈父母的教诲，录下前人心血的结晶，录下远方未知的问号……

在带子的尽头，是沙沙走动的无声无息的空白。

每个人都顽强地想留下属于自己的声音。

带子默然向前，不理睬人们的叹息与挽留。它只保存一代又一代人类最精彩的声响，使自身更臻完美与辉煌。

与人类永恒的传送带相比，我们每个人渺小如蚁、孱弱如丝、轻淡如烟、消逝如水。

带子输送着一代又一代的人们走进宇宙的深处，那是一去不复返的轨道。

带子不断清洗着嘈杂的声音，毫无商量地拒绝重复。带子只承认最新鲜、伟大的发明，在历史的沉积中变得越来越坚硬，要在上面留下痕迹越来越艰难了。

你必须用人类迄今为止最优异的养料滋润自己的头脑，你要站在巨人的肩膀上。

> 王之涣说，欲穷千里目，更上一层楼。牛顿说，如果我看得更远一点的话，是因为我站在巨人的肩膀上。站在前人的基础上往前走，是人类发展的关键。但能够站在巨人的肩膀上的困难可想而知。

巨人屹立着，并不因为你的弱小而弯下臂膀。巨人沉默着，他们敞开自己，却不肯搀扶你。攀登巨人几乎费掉我们毕生的精力，许多人在这样的探索中凝固，成为巨人的一部分，悲哀地失去了自身。

当那些最勇敢、最智慧的人攀到前所未有的高度时，迎接他们的是严寒与荒凉。

面对纷繁的星空和遥远的黑洞，你踏出高贵而孤独的脚步。

你极可能走错，湮灭如灰尘。

> 极，写出个人探索之艰难。个人如灰尘般湮灭称为常态。

带子是不保留探索者的脚印的，它淡然地看着一位位先驱者仆倒，只为成功者留下位置。

宇宙用死亡限制人们的步伐。人类的每一个婴儿降生，都是历史的一次重新开始。智者离开时，卷走了他们没有诉诸文字的所有发现。

历史不记录回声。人的生命是长度固定的锁链，为了对抗死亡，为了在重复学习之余留出创造的空间，只有在每一个生命之环上负载更多的希冀与沉重，人类日益变得匆忙与紧张。

做人是越来越累了。我们已无暇再创造语言与文字这类服务于全人类的精神奢侈品，我们已在忙乱中迷失最初的意愿。人们越来越频繁地聚散，物品越来越快地更迭。我们以为过程就是终极，我们在旋转，以为是前进。

带子沉默着。冷静甚至冷酷地等待着我们。

它只记录最优秀的声音。假如世间喑哑，它就耐心地等待。

人们在万籁俱寂的深夜，倾听生命的磁带。

它均匀地无声地行进着，期待着。

> 人们可以抛弃自己的最初意愿，但时间很公平，它客观冷静耐心地记载着每一代人的声音。

赏析

生死问题，尤其是对生命意义的追问，本是文学的一个重要传统。"人固有一死，或轻于鸿毛，或重于泰山。生年不满百，常怀千岁忧。""人生自古谁无死，留取丹心照汗青。""我自横刀向天笑，去留肝胆两昆仑。""有的人死了，他还活着……"要读懂这一类包含人生追问，富有哲理的文章，本身就要有强烈的生命意识，须追问：我是谁？从哪里来，到哪里去？能够以历史的角度，明白人生有限，须向死而生，努力留下生命的痕迹。

文章语言深入浅出，比喻形象贴切，让深奥的道理变得浅显易懂。

文章通过不断追问，结构层层深入，触及人生根本性的问题。

给人生加个意义

　　那是一所很有名望的大学。从我的演讲一开始就不断地有纸条递上来。纸条上提得最多的问题是——"人生有什么意义？请你务必说真话，因为我们已经听过太多言不由衷的假话了。"

　　我念完这个纸条以后台下响起了掌声。我说你们今天提出这个问题很好，我会讲真话。我在西藏阿里的雪山之上，面对着浩瀚的苍穹和壁立的冰川，如同一个茹毛饮血的原始人，反复地思索过这个问题。我相信，一个人在他年轻的时候，是会无数次地叩问自己——我的一生，到底要追索怎样的意义？

　　我想了无数个晚上和白天，终于得到了一个答案。今天，在这里，我将非常负责地对大家说，我思索的结果是人生是没有任何意义的！

　　这句话说完，全场出现了短暂的寂静，如同旷野。但是，紧接着就响起了暴风雨般的掌声。

　　那是我在演讲中获得的最热烈的掌声。在以前，我从来不相信有什么"暴风雨般的掌声"这种话，觉得那只是一个拙劣的比喻。但这一次，我相信了。我赶快用手做了一个"暂停"的手势，但掌声还是绵延了一段时间。

　　我说，大家先不要忙着给我鼓掌，我的话还没

"短暂的寂静"与"暴风雨般的掌声"对比鲜明，表明听者听到"人生是没有任何意义"的回答的时候，最初的震惊与醒悟过来之后的赞赏。

有说完。我说人生是没有意义的,这不错,但是我们每一个人要为自己确立一个意义!

是的,关于人生意义的讨论,充斥在我们的周围。很多说法,由于熟悉和重复,已让我们从熟视无睹滑到了厌烦。可是,这不是问题的真谛。真谛是,别人强加给你的意义,无论它多么正确,如果它不曾进入你的心理结构,它就永远是身外之物。比如我们从小就被家长灌输过人生意义的答案。在此后漫长的岁月里,谆谆告诫的老师和各种类型的教育,也都不断地向我们批发人生意义的补充版。但是有多少人把这种外在的框架,当成了自己内在的标杆,并为之下定了奋斗终身的决心?

"批发"一词,精准又生动地体现出常规思维下的人生意义没有个人的思考和价值,是对他人的一种模仿和照搬。

那一天结束讲演之后,我听到有同学说,他觉得最大的收获是听到一个活生生的中年人亲口说,人生是没有意义的,你要为之确立一个意义。

其实,不单是中国的年轻人在目标这个问题上飘忽不定,就是在美国的著名学府哈佛大学,有很多人在青年时代也大都未确立自己的目标。我看到一则材料,说某年哈佛的毕业生临出校门的时候,校方对他们做了一个有关人生目标的调查,结果是 27% 的人完全没有目标,60% 的人目标模糊,10% 的人有近期目标,只有 3% 的人有着清晰长远的目标。

25 年过去了,那 3% 的人不懈地朝着一个目标坚韧努力,成了社会的精英,而其余的人,成就要相差很多。

赏析

本文语言简洁有力，充满自信。几处在演讲现场的描述，没有过多的刻画，基本是真实的还原，但从寥寥几笔的动作和语言描写中，可窥见作者斩钉截铁的果敢和自信。

文章由一次大学里的演讲开始写起，由一张小纸条上的提问引发思考，由浅入深，看似不经意的开端引发了一次深刻长久的思索。尤其是作者先提出一个观点，引起疑问又补充观点的设计精妙而高明。结尾处补充哈佛大学学生确立目标并奋斗的事实论据，既是补充论证无论哪个国家，哪种层次的人都需要确定目标并为之奋斗才能成功的观点，也是再次强调只有为自己的人生确立意义并坚持奋斗才可能成功，让中心论点更加全面深入，富有说服力。

人生有三件事不可俭省

无论世界变得如何奢华，我还是喜欢俭省。这已经变得和金钱没有很密切的关系，只是一个习惯。我这样说，实在是因为俭省的机会其实很廉价，俯拾即是遍地滋生。比如不论牙膏管子多么丰满，但你只能在牙刷毛上挤出大约 1.5 到 2 厘米的膏条，而不是 1 尺长。因为你用不了那么多，你不能把自己的嘴巴变成螃蟹聚会的洞穴。再比如无论你坐拥多少橱柜的衣服，当暑气蒸人的时候，你只能穿一件纯棉的 T 恤衫。如果把貂皮大衣焐在身上，轻则长满红肿热痛的痱毒，重了就会中暑倒地一命呜呼。俭省比奢华要容易得多，是偷懒人的好伴侣——用最直截了当的方式和最小的花费直抵目标。

然而有三件事你不能俭省。

第一件事是学习。学习是需要费用的，就算圣人孔子，答疑解惑也要收干肉为礼。学习费用支出的时候，和买卖其他货物略有不同。你不知道究竟能得到多少知识，这不单决定于老师的水平，也决定于你自己的状态。这在某种情况下就有点隔山买牛的味道，甚至比股票的风险还大。谁也不能保证你在付出了学费之后一定能考上大学，你只能先期投入。机遇是牵着婚纱的小童，如果你不学习，新娘就永远不会出现在你人生的殿堂。

由对俭省赞赏转写不能俭省，引发读者阅读的兴趣，启发读者思考。

第二件事是旅游。每个人出生的时候都是蝌蚪，长大了都变作井底之蛙。这不是你的过错，只是你的限制，但你要想法弥补。要了解世界，必须到远方去。旅游是需要花钱的，谁都知道。旅游的好处却不是一眼就能看到的，常常需要日积月累潜移默化的蓄积。有人以为旅游只是照一些相片买一些小小的工艺品，其实不然。旅行让我们的身体感悟到不同的风和水，我们的头脑也在不同风情的滋养下变得机敏和多彩。目光因此老辣，谈吐因此谦逊。

以蝌蚪和井底之蛙的比喻来强调旅游给人的身心带来的价值和意义，人的身体和精神随之丰满成熟。

第三件事情是锻炼身体。古代的人没有专门锻炼身体的习惯，饥一顿饱一顿全无赘肉。生存的需要逼得他们不停奔跑狩猎，闲暇的时候就装神弄鬼，在岩壁上凿画，在篝火边跳舞，都不是轻体力劳动，积攒不下多余的卡路里。社会进步了，物质丰富了，用不完的热量成了我们挥之不去的负担。于是要人为地在机器上跋涉，在充满氯气的池子里浮沉，在人造的雪花和冰面上打滚，在矫揉造作的水泥峭壁上攀爬……这真是愚蠢的奢侈啊，可我们没有办法，只有不间断地投入金钱，操练贫瘠的肌肉和骨骼，以保持最起码的力量和最基本的敏捷。

有没有省钱的方法呢？其实也是有的。把人生当作课堂，向一切人学习，就省了上学的钱。徒步到远方去，就省了旅游的钱。不用任何健身器械，就在家里踢毽子高抬腿做广播体操……就省了健身的钱。

然而，这也是破费，因为我们付出了时间。

学习、旅游、锻炼，都非常重要，我们为此要么须付出金钱成本，要么须付出时间成本。

赏析

本文论点明确，语重心长，耐人寻味，主要有三点：

一是观点鲜明。开头论说了哪些事情要俭省，从而引导到中心话题，人生有不可俭省的三件事：第一是学习，第二是旅游，第三是锻炼。这三种情况，都是在用钱的情况下进行的。三个要点，醒目突出。

二是容量丰富。生活中的相关材料，俯拾即是，文章中运用得恰到好处。如刷牙挤牙膏、盛夏不穿冬衣、孔子收礼教学、蝌蚪与井底之蛙、古人狩猎无赘肉等等，论说恰当，让人深思。

三是话语得体。作者从自己的俭省习惯说起，谈到三件不可省俭的事例，采用第二人称的方式，与读者娓娓交谈，让读者在促膝谈心中，潜移默化地接受了作者所言的思想观点，受到教益。

握紧你的右手

常常见女孩郑重地平伸着自己的双手,仿佛托举着一条透明的哈达。看手相的人便说,男左女右。女孩把左手背在身后,把右手手掌对准湛蓝的天。

常常想世上可真有命运这种东西?它是物质还是精神?难道说我们的一生都早早地被一种符咒规定,谁都无力更改?我们的手难道真是激光唱盘,所有的祸福都像音符微缩其中?

几个反问句表明作者的感情倾向,那就是作者对命定论的疑惑和不甘。

当我沮丧的时候,当我彷徨的时候,当我孤独寂寞悲凉的时候,我曾格外地相信命运,相信命运的不公平。

当我快乐的时候,当我幸福的时候,当我成功优越欣喜的时候,我格外地相信自己,相信只有耕耘才有收成。

渐渐地,我终于发现命运是我怯懦时的盾牌,当我叫嚷命运不公最响的时候,正是我预备逃遁的前奏。命运像一只筐,我把自己对自己的姑息、原谅以及所有的延宕都一股脑地塞进去,然后蒙一块宿命的轻纱。我背着它慢慢地向前走,心中有一份心安理得的坦然。

比喻,写出了命运观背后的心理本质,只是像盾牌一样保护自己脆弱的心,让自己能够心平气和地面对自己人性的缺点和人生的失败。

有时候也诧异自己的手。手心叶脉般的纹路还是那样琐细,但这只手做过的事情,却已有了几番变迁。

在喜马拉雅山、冈底斯山、喀喇昆仑山三山交汇的高原上，我当过卫生员。在机器轰鸣铜水飞溅的重工业厂区里，我做过主治医师。今天，当我用我的笔杆写我对这个世界的想法时，我觉得是用我的手把我的心制成薄薄的切片，置于真和善的天平之上……

"卷"字力透纸背，写出了风雪气势之大，高原环境之劣，也表明高原岁月对我人生的影响。结构上引出下文论说岁月给我带来的馈赠。

高原呼啸的风雪，卷走了我一生中最好的年华，并以浓重的阴影，倾泻于行程中的每一处驿站。

岁月送给我苦难，也馈赠我清醒与冷静。我如今对命运的看法，恰恰与少年时相反。

当我快乐当我幸福当我成功当我优越当我欣喜的时候，当一切美好辉煌的时刻，我要提醒我自己——这是命运的光环笼罩了我。在这个环里，居住着机遇，居住着偶然性，居住着所有帮助过我的人。

而当我挫折和悲哀的时候，我便镇静地走出那个怨天尤人的我，像孙悟空的分身术一样，跳起来，站在云头上，注视着那个不幸的人，于是，我清楚地看到了她的软弱，她的怯懦，她的虚荣以及她的愚昧……

曾经脑海中的命运形象是一个不公和残酷的暴君，而现在脑海中的命运是自己前行路上一个慈眉善目的引路人。

年近不惑，我对命运已心平气和。

小时候是个女孩，大起来成为女人，总觉得做个女人要比男人难，大约以后成了老婆婆，也要比老爷爷累。

生活中就像没有无缘无故的爱一样，也没有无缘无故的幸运。对于女人，无端的幸运往往更像一场阴谋一个陷阱的开始。我不相信命运，我只相信我的手。

因为它不属于冥冥之中任何未知的力量，而只属于我的心。我可以支配它，去干我想干的任何一件事情。我不相信手掌的纹路，但我相信手掌加上手指的力量。

> 手掌加手指的力量指的是人类行为的力量。

蓝天下的女孩，在你纤细的右手里，有一粒金苹果的种子。所有的人都看不见它，唯有你清楚地知道它将你的手心炙得发痛。

那是你的梦想，你的期望！

女孩，握紧你的右手，千万别让它飞走！相信自己的手，相信它会在你的手里，长成一棵会唱歌的金苹果树。

> 梦想和种子一样都需要辛苦耕耘才能生根发芽。它们的色彩都是金色的，让人充满遐想，热血沸腾。

赏析

虽然文章的主题是个成功学上最简单的命题，要相信自己，努力走向成功。但是对宿命论的批评，夹杂着自己的人生阅历，一个将手伸给算命师的虔诚女孩的形象，以及大量的比喻修辞让文章有了思想厚度、哲学深度和美学效果。

手作为线索贯穿全篇。作者试图表达的是：智者用手去研究；愚者拿手去研究。强者用手去创造全新世界，弱者拿手去构建命运世界。

存在主义认为，存在先于本质。萨特曾说，没有先天的英雄和懦夫，是英雄的行为让英雄成为英雄，是懦夫的行为让懦夫成为懦夫。存在主义哲学在对命定说进行无情的否定的同时，也恰恰在高扬人的理性。没有先天的命运，只有人的行为。唯有没有先天的命运，我们才会赞美崇敬英雄行为的伟大而不是嫉妒美慕英雄的命运的幸运。

正是因为没有命运，才让每个人都可能会成功；正是因为没有命运，才让别人敬佩你的成功。

没有一棵小草自惭形秽

被人邀请去看一棵树,一棵古老的树。大约有五千年的历史,已被唐朝的地震弯折了腰,半匍匐着,依然不倒,享受着人们尊敬的注视。

我混在人群中直着脖子虔诚地仰望着古树顶端稀疏的绿叶,一边想,人和树相比是多么的渺小啊。人生出来,肯定是比一粒树种要大很多倍,但人没法长得如树般伟岸。在树小的时候,人很容易就把树枝包括树干折断,甚至把树连根拔起,树就结束了生命。就算是小树长成了大树,归宿也是被人伐了去,修成各种各样实用的物件。长得好的树,花纹美丽木质出众,也像美女一样,红颜薄命,被人劫掠的可能性更大,于是很多珍贵的树种濒临灭绝。在这一点上,树是不如人的。美女可以人造,树却是不可以人造的。

树比人活得长久,只要假以天年,人是绝对活不过一棵树的。树并不以此傲人,爷爷种下的树,照样以硕硕果实报答那人的孙子或是其他人的后代。

通常情况下,树是绝对不伤人的。即便如前几天报上所载一些村民在树下避雨,遭了雷击致死,那元凶也不是树,而是闪电,树也是受害者。人却是绝对伤树的,地球上森林数量的锐减就是明证,人成了树的天敌。

树比人坚忍。在人不能居住的地方，树却裸身生长着，不需要炉火或是空调的保护。树会帮助人的，在饥馑的时候，人扒过树的皮以充饥，我们却从未听到过树会扒下人的什么零件的传闻。

很多书籍记载过这棵古树，若是在树群里评选名树的话，这棵古树是一定名列前茅了。很多诗人词人咏颂过这棵古树，如果树把那些词句都当作叶子一般披挂起来，一定不堪重负。唐朝的地震不曾把它压倒，这些赞美会让它扑在地上。

> 运用了象征的手法，表面上说的是树会被赞美压倒，实际上说的是人容易战胜各种不幸和灾难，但常常会被名利所累。

树的寿命是如此的长久，居然看到过妲己那个朝代的事情。在我们死后很多年，这棵古树还会枝叶繁茂地生长着。一想到这一点，无边的嫉妒就转成深深的自卑。作为一个人活不了那么久远，伤感让我低下头来，于是我就看到了一棵小草，一棵长在古树之旁的小草。只有细长的两三片叶子，纤细得如同婴儿的睫毛。树叶缝隙的阳光打在草叶的几丝脉络上，再落到地上，阳光变得如绿纱一样飘浮了。

这样一株柔弱的小草，在这样一棵神圣的树底下，一定该俯首称臣毕恭毕敬了吧？我竭力想从小草身上找出低眉顺眼的谦卑，最后以失望告终。这棵不知名的小草，毫无疑问是非常渺小的。就寿命计算，假设一岁一枯荣，老树很可能见过小草 5000 辈以前的祖先。就体量计算，老树抵得过千百万小草集合而成的大军。就价值来说，人们千里万里路地赶了来，只为瞻仰老树，我敢肯定没有一个人是为了探望小草。

> 对比：古树生命悠久，小草生命短暂；古树高大伟岸，小草柔软弱小；古树声名远播，受人重视，小草平凡卑微，被人忽视。通过对比，突出小草的朴实、卑微、渺小。

既然我作为一个人，都在古树面前自惭形秽了，小草你怎能不顶礼膜拜？我这样想着，就蹲下来看着小草。在这样一棵历史久远声名卓著的古树身边为邻，你岂不要羞愧死了？

小草昂然立着，我向它吐了一口气，它就被吹得蜷曲了身子，但我气息一尽，它就像弹簧般伸展了叶脉，快乐地抖动着。我再吹一口气，它还是在弯曲之后怡然挺立。我悲哀地发现，不停地吹下去，有我气绝倒地的一刻，小草却安然。

草是卑微的，但卑微并非指向羞惭。在庄严的大树身旁，一棵微不足道的小草都可以毫不自惭形秽地生活着，何况我们万物灵长的人类！

> 这两段文字是对"我"的心理活动的描写，"我"本以为小草在古树面前会顶礼膜拜，会羞愧至死，没想到小草却怡然挺立，没有预想中的软弱。

赏析

本文虽然短小，多处地方值得借鉴：

巧妙的借物喻人。生活在伟岸、高贵、受人膜拜的古树边上的小草，虽然纤细、柔弱、不受重视，却依然能昂然挺立、毫不自惭形秽地生活着，告诉我们这样一个道理：我们不管身处何种环境，地位如何卑微，都应该坚定执著，坦然面对，自尊自信地生活。

鲜明的对比手法。写古树，将古树与人对比，突出古树活得长久、绝不伤人、比人坚忍、会帮助人等优点。写小草，将小草与古树对比，突出小草生命短暂、平凡渺小、柔软弱小等特点，欲扬先抑，为后文赞美小草蓄势。我对古树的态度与小草对古树的态度对比，突出小草的不谦卑，不软弱，为赞美小草作铺垫。

恰当的详略安排。作者用大量的篇幅详写古树，用少量的篇幅略写小草，这样做的目的，是想通过大树来衬托小草，即使小草生活在伟岸、高贵的古树边，却依然能昂然挺立、安然自在地生活着，突出文章"毫不自惭形秽"这一主旨。

　　全文采用欲扬先抑的手法，先是通过小草与大树的对比，极力突出小草的卑微、渺小；再通过自身的心理感受来反衬小草的自信与坚强；最后抒发对小草的赞美，即使在伟岸的大树面前，它也能怡然挺立，毫不自惭地生活，突出了"没有一棵小草自惭形秽"的主旨。引发了对人的行为的思考：小草都能如此，人更应该能做到不论身处怎样的环境，地位如何卑微，都应该坚定执著，坦然面对，自尊自信地生活。

每只小狗都有一个目标

有一对夫妇有两个孩子，一个叫莎拉，一个叫克里斯蒂。当孩子还小的时候，父母决定为他们养一只小狗。小狗抱回来以后，他们想请一位朋友帮忙训练这只小狗。他们搂着小狗来到朋友家，安然坐下，在第一次训练前，女驯狗师问："小狗的目标是什么？"夫妻俩面面相觑，很是意外，他们实在想不出狗还有什么另外的目标，嘟囔着说："一只小狗的目标？那当然就是当一只狗了。"女驯狗师极为严肃地摇了摇头说："每只小狗都得有一个目标。"

夫妇俩商量之后，为小狗确立了一个目标——白天和孩子们一道玩，夜里要能看家。后来，小狗被成功地训练成了孩子的好朋友和家中财产的守护神。

这对夫妇就是美国的前任副总统阿尔·戈尔和他的妻子迪帕。他们牢牢地记住了这句话——做一只狗要有目标。推而广之，做一个人也要有目标。

在现实生活中，却有太多太多的人，没有目标。其实寻找目标并不是一件太难的事，关键是你要知道天下有这样一件惟此惟大的事，然后尽早来做。正是你自己需要一个目标，而不是你的父母或是你的老师或是你的上级需要它。它的存在，和别人的关系都没有和你的关系那样密切。也就是说，它将是你最亲爱的伙伴，其血肉相连的程度，绝对超过了你和你的父母，你和你的妻子儿女，你和你的同伴和领导的关系。你可能丧失了所有的财产和所有的亲人，但只要你的目标还在，你就还有一个完整的系统存在，你就并不孤独和无望。

我们常常把别人的期待当成了自己的目标，在孩童的时候，这几乎是顺理成章的事情。但是，你会渐渐地长大，无论别人的期望是怎样的美好，它也不属于你。除非你有一天，你成功地在自己的心底移植了这个期望，这个期望生根发芽，长成了你的目标。那时，尽管所有的枝叶都和原本的母体一脉相承，但其实它已面目全非，它的灵魂完完全全只属于你，它被你的血脉所濡养。

论述了确立目标时的第一种不当做法：把别人的期待当成了自己的目标。"移植""它的灵魂完完全全只属于你，被你的血脉所濡养"，生动形象的语言既把深奥的道理变得通俗易懂，又增强了文章的感染力，激发了读者的阅读兴趣。

我们常常把世俗的流转当成自己的目标。这一阵子崇尚钱，你就把挣钱当成了自己的目标。殊不知钱只是手段而非目标，有了钱之后，事情远远没有结束。把钱当成目标，就是把叶子当成了根。目标是终极的代名词，它悬挂在人生的瀚海之中，你向它航行，却永远不会抵达。你的快乐就在这跋涉的过程中流淌，而并非把目标攫为己有。从这个意义上说，钱不具备终极目标的资格。过一阵子流行美丽，你就把制造美丽保存美丽当成了目标。殊不知美丽的标准有所不同，美丽是可以变化的，目标却是相当恒定的。美丽之后你还要做什么？美丽会褪色，目标却永远鲜艳。

"把钱当成目标，就是把叶子当成了根"，这一比喻的运用，将本末倒置的错误做法说得形象生动，浅显易懂。"美丽会褪色，目标却永远鲜艳"，其含义是美丽因标准不同而有所变化，目标却是相对恒定的。

有人把快乐和幸福当成了终极目标，这也值得推敲。快乐并不只是单纯的，快乐感类乎饮食和繁殖的本能。科学家们通过研究，发现最长远最持久的快乐，来自于你的自我价值的体现。而毫无疑问，自我价值是从属于你的目标感，一个连目标都没有的人，何谈价值呢！

一棵树的目标也许是雕成大厦的栋梁，也许是撑一把绿伞送人阴凉，也许是化作无数张白纸传递知识，也许是制成一次性筷子让人大快朵颐……还有数不清的可能性，我们不是树，我们不可能穷尽也不可能明白树的心思。我们是人，我们可以为自己确立一个目标，这是做人的本分之一。

赏析

这篇议论文，开篇讲述一对夫妇训练小狗的故事，来引出本文的中心论点"做一个人也要有目标"，使读者易于理解和接受，激发了读者的阅读兴趣。在论述应怎样确立目标时，先否定三种不当做法：把别人的期待当成自己的目标；把世俗的流转当成自己的目标；把快乐和幸福当成终极目标，正面分析应怎样确立目标。最后得出结论"我们要坚持做人的本分，趁早确立自己的目标"。文章的行文思路非常清晰。

本文的语言生动形象，富有哲理。例如第五段，将"别人的期待变成自己的目标"这一过程说成是"移植"，当"别人的期待"变成"自己的目标"后，说成是"它的灵魂完完全全只属于你，被你的血脉所濡养"，生动形象的语言既把深奥的道理变得通俗易懂，又增强了文章的感染力，激发读者的阅读兴趣。又如第六段，"把钱当成目标，就是把叶子当成了根"，这一比喻的运用，将本末倒置的错误做法说得形象生动，浅显易懂。又如"目标悬挂在人生的瀚海之中，你向它航行，却永远不会抵达"，这一比喻的运用，将目标之于人生的意义说得多么通俗易懂。

本文的行文思路和语言特点值得为文者借鉴。

造 心

蜜蜂会造蜂巢。蚂蚁会造蚁穴。人会造房屋、机器，造美丽的艺术品和动听的歌。但是，对于我们最重要最宝贵的东西——自己的心,谁是它的建造者？

孔雀绚丽的羽毛,是大自然物竞天择造出的。白杨笔直刺向碧宇,是密集的群体和高远的阳光造出的。清香的花草和缤纷的落英,是植物吸引异性繁衍后代的本能造出的。卓尔不群坚韧顽强的性格,是禀赋的优异和生活的历练造出的。

我们的心,是长久地不知不觉地以自己的双手,塑造而成的。

> 造心,是潜移默化的过程。

造心先得有材料。有的心是用钢铁造的,沉黑无比。有的心是用冰雪造的,高洁酷寒。有的心是用丝绸造的,柔滑飘逸。有的心是用玻璃造的,晶莹脆薄。有的心是用竹子造的,锋利多刺。有的心是用木头造的,安稳麻木。有的心是用红土造的,粗糙朴素。有的心是用黄连造的,苦楚不堪。有的心是用垃圾造的,面目可憎。有的心是用谎言造的,百孔千疮。有的心是用尸骸造的,腐恶熏天。有的心是用眼镜蛇唾液造的,剧毒凶残。

> 造心需要材料。用不同的材料造出来心也不相同。化抽象为具体,借用各种材料,向我们讲述各种不同的心,想象丰富。

造心要有手艺。一只灵巧的心,缝制得如同金丝荷包。一罐古朴的心,厚厚的好似百年老酒。一枚机敏的心,感应快捷电光石火。一颗潦草的心,门可罗雀疏可走马。一摊胡乱堆就的心，乏善可陈杂乱无章。一片编织荆棘的心，暗设机关处处陷阱。一道半是细腻半是马虎的心，好似白蚁蛀咬的断堤。一朵绣花枕头内里虚空的心，是假冒伪劣心界的水货。

造心需要时间。少则一分一秒，多则一世一生。片刻而成的大智大勇之心，未必就不玲珑。久拖不绝的谨小慎微之心，未必就很精致。有的人，小小年纪，就竣工一颗完整坚实之心。有的人，须发皆白，还在心的地基挖土打桩。有的人，半途而废不了了之，把半成品的心扔在荒野。有的人，成百里半九十，丢下不曾结尾的工程。有的人，精雕细刻一辈子，临终还在打磨心的剔透。有的人，粗制滥造一辈子，人未远行，心已灶冷炕灰。

心的边疆，可以造得很大很大。像延展性最好的金箔，铺设整个宇宙，把日月包涵。没有一片乌云，可以覆盖心灵辽阔的疆域。没有哪次地震火山，可以彻底颠覆心灵的宏伟建筑。没有任何风暴，可以冻结心灵深处喷涌的温泉。没有某种天灾人祸，可以在秋天，让心的田野颗粒无收。

心的规模，也可能缩得很小很小，只能容纳一个家，一个人，一粒芝麻，一滴病毒。一丝雨，就把它淹没了。一缕风，就把它粉碎了。一句谎言，就让它痛不欲生。一个阴谋，就置它万劫不复。

心可以很硬，超过人世间已知的任何一款金属。心可以很软，如泣如诉如绢如帛。心可以很韧，千百次的折损委屈，依旧平整如初。心可以很脆，一个不小心，顿时香消玉碎。

造心的时候，可以有很多讲究和设计。比如预

造心需要手艺。方法态度不同，造的心就不同，造心应有好的方法和正确的态度。

造心需要时间。可以片刻而成，也可能一世无功。造心需要持之以恒的态度，不可半途而废。

埋下一处心灵的生长点，像一株植物，具有自动修复、自我养护的神奇功能。心受了创伤，它会挺身而出，引导心的休养生息，在最短的时间内，使心整旧如新。

比如高高竖起心灵的避雷针，以便在危急时刻，将毁灭性的灾难导入地下，耐心等待雨过天晴。

比如添加防震防爆的性能，在心灵遭受短时间高强度的残酷打击下，举重若轻，镇定地维持蓬勃稳定。比如……

优等的心，不必华丽，但必须坚固。因为人生有太多的压榨和当头一击，会与独行的心灵，在暗夜狭路相逢。如果没有精心的特别设计，简陋的心，很易横遭伤害一蹶不振，也许从此破罐破摔，再无生机。没有自我康复本领的心灵，是不设防的大门。一汪小伤，便漏尽全身膏血。一星火药，便烧毁绵延的城堡。

> 造心的时候，可以有很多讲究和设计。这些设计和讲究实际上就是一种自我心理的调控和修复能力，这可以帮助我们更好塑造自己的心性。

心为血之海，那里汇聚着每个人的品格智慧精力情操，心的质量就是人的质量。有一颗仁慈之心，会爱世界爱人爱生活，爱自身也爱大家。有一颗自强之心，会勤学苦练百折不挠，宠辱不惊大智若愚。有一颗尊严之心，会珍惜自然善待万物。有一颗流量充沛羽翼丰满的心，会乘上幻想的航天飞机，抚摸月亮的肩膀。

造心是一项艰难漫长的工程，工期也许耗时一生。通常是母亲的手，在最初心灵的模型上，留下永不消退的指纹。所以普天下为人父母者，要珍视这一份特别庄重的义务与责任。

当以我手塑我心的时候，一定要找好样板，郑

> 在造心之时，要有目标和方向，要百折不屈、坚持不懈，要明白心灵的本质。

> 结尾这两句话以船喻心，以"下水远航"象征开启新的人生之路，喻指美好的心灵可以使人直面困难，承受挫折，永葆生命的活力。

重设计，万不可草率行事。造心当然免不了失败，也很可能会推倒重来。不必气馁，但也不可过于大意。因为心灵的本质，是一种缓慢而精细的物体，太多的揉搓，会破坏它的灵性与感动。

好的心，如同造好的船。当它下水远航时，蓝天在头上飘荡，海鸥在前面飞翔，那是一个神圣的时刻。会有台风，会有巨涛。但一颗美好的心，即使巨轮沉没，它的颗粒也会在海浪中，无畏而快乐地燃烧。

赏析

本文匠心独运，想象丰富，将抽象的心"造"得有形有色，令人读之，回味无穷。

要"造心"，当然得有材料；然而造心的材料无人见过，怎样让读者明白呢？于是作者张开想象的翅膀，说"有的心是钢铁造的""有的心是玻璃造的""有的心是木头造的"……将无形的"造心"材料通过想象加工，将其具体生动化，不仅使文章生动有趣，还令读者容易看懂。

作者运用丰富的联想，将"造"出来的心描绘得形象逼真，读之便似看见各种心在眼前跳动。如"一只灵巧的心"，作者将它想象成"金丝荷包"；"一罐古朴的心"，说它"淳厚得好似百年老酒"，将无色无味、无迹可寻的"心"与生活中常见的事物联系到一起，真可谓奇思妙想！

精神的三间小屋

　　面对那句——人的心灵，应该比大地、海洋和天空都更为博大的名言，自惭自秽。我们难以拥有那样雄浑的襟怀，不知累积至那种广袤，需如何积攒每一粒泥土？每一朵浪花？每一朵云霓？

　　甚至那句恨不能人人皆知的中国古话——宰相肚里能撑船，也让我们在敬仰之余，不知所措。也许因为我们不过是小小的草民，即便怀有效仿的渴望，也终是可望而不可及，便以位卑宽宥了自己。

　　两句关于人的心灵的描述，不约而同地使用了空间的概念。人的肢体活动，需要空间。人的心灵活动，也需要空间。那容心之所，该有怎样的面积和布置？

　　人们常常说，安居才能乐业。如今的城里人一见面，就问，你是住两居室还是三居室啊？……喔，两居室窄巴点，三居室虽说也不富余，也算小康了。

　　身体活动的空间是可以计量的，心灵活动的疆域，是否也可有个基本达标的数值？

　　有一颗大心，才盛得下喜怒，输得出力量。于是，宜选月冷风清竹木潇潇之处，为自己的精神修建三间小屋。

"盛"字，将"心灵"和"喜怒"具象化，和李清照"载不动许多愁"有异曲同工之妙。

　　第一间，盛着我们的爱和恨。对父母的尊爱，对伴侣的情爱，对子女的疼爱，对朋友的关爱，对万物的慈爱，对生命的珍爱……对丑恶的仇恨，对污浊的厌烦，对虚伪的憎恶，对卑劣的蔑视……这些复杂而对立的情感，林林总总，会将这间小屋挤得满满，间不容发。你的一生，经历过的所有悲欢离合喜怒哀乐，仿佛以木石制作的古老乐器，铺陈在精神小屋的几案上，一任岁月飘逝。在某一个金戈铁血之夜，它们会无师自通，与天地呼应，铮铮作响。假若爱比恨多，小屋就光明温暖，像一座金色池塘，有红色的鲤鱼游弋，那是你的大福气。假如恨比爱多，小屋就阴风惨惨，厉鬼出没，你的精神悲戚压抑，形销骨立。如果想重温祥和，就得净手焚香，洒扫庭除。销毁你的精神垃圾，重塑你的精神天花板，让一束圣洁的阳光，从天窗洒入。

无论一生遭受多少困厄欺诈，请依然相信人类的光明大于暗影。哪怕是只多一个百分点呢，也是希望永恒在前。所以，在布置我们的精神空间时，给爱留下足够的容量。

第二间小屋，盛放我们的事业。

一个人从 25 岁开始做工，直到 60 岁退休，他要在工作岗位上度过整整 35 年的时光。按一日工作 8 小时，一周工作 5 天，每年就要为你的职业付出 2000 个小时。倘若一直干到退休，那就是 7 万个小时。在这个庞大的数字面前，相信大多数人都会始于惊骇终于沉思。假如你所从事的工作，是你的爱好，这 7 万个小时，将是怎样快活和充满创意的时光！假如你不喜欢它，漫长的 7 万个小时，足以让花容磨损日月无光，每一天都如同穿着淋湿的衬衣，针芒在身。

我不晓得一下子就找对了行业的人，能占多大

> 这两段是一方面谈心灵中要有自己的善恶伦理标准，唯有如此，心灵才不会枯竭；另一方面，告诉心灵应该追求阳光雨露（爱），不要被风雨雷电（恨）浸濡。

比例？从大多数人谈到工作时乏味麻木的表情推算，估计这样的幸运儿不多。不要轻觑了事业对精神的濡养或反之的腐蚀作用，它以深远的力度和广度，挟持着我们的精神，以成为它麾下持久的人质。

适合你的事业，不靠天赐，主要靠自我寻找。这不但是因为相宜的事业，并非像雨后白桦林的菌子一样，俯拾即是，而且因为我们对自身的认识，也是抽丝剥茧，需要水落石出的流程。你很难预知，将在 18 岁还是 40 岁甚至更沧桑的时分，才真正触摸到倾心的爱好。当我们太年轻的时候，因为尚无法真正独立，受种种条件的制约，那附着在事业外壳上的金钱地位，或是其他显赫的光环，也许会灼晃了我们的眼睛。当我们有了足够的定力，将事业之外的赘生物一一剥除，露出它单纯可爱的本质时，可能已耗费半生。然费时弥久，精神的小屋，也定需住进你所爱好的事业。否则，鸠占鹊巢，李代桃僵，那屋内必是鸡飞狗跳，不得安宁。

我们的事业，是我们的田野。我们背负着它，播种着，耕耘着，收获着，欣喜地走向生命的远方。规划自己的事业生涯，使事业和人生，呈现缤纷和谐相得益彰的局面，是第二间精神小屋坚固优雅的要诀。

第三间，安放我们自身。

这好像是一个怪异的说法。我们自己的精神住所，不住着自己，又住着谁呢？

可它又确是我们常常犯下的重大失误——在我们的小屋里，住着所有我们认识的人，惟独没有我们自己。我们把自己的头脑，变成他人思想汽车驰骋

> 这四段逻辑脉络清晰。先说人的生命大部分都花在了事业上，再说不爱自己事业所产生的后果以及事业对精神的反作用，顺理成章地证明了自己的观点——心灵小屋中必须要有自己的事业，唯有如此，才不会产生生命的焦灼。

的高速公路，却不给自己的思维，留下一条细细的羊肠小道。我们把自己的头脑，变成搜罗最新信息网罗八面来风的集装箱，却不给自己的发现，留下一个小小的储藏盒。我们说出的话，无论声音多么嘹亮，都是别的喉咙嘟囔过的。我们发表的意见，无论多么周全，都是别的手指圈划过的。我们把世界万物保管得好好的，偏偏弄丢了开启自己的钥匙。在自己独居的房屋里，找不到自己曾经生存的证据。

如果真是那样，我们精神的小屋，不必等待地震和潮汐，在微风中就悄无声息地坍塌了。它纸糊的墙壁化为灰烬，白雪的顶棚变作泥泞，露水的地面成了沼泽，江米纸的窗棂破裂，露出惨淡而真实的世界。你的精神，孤独地在风雨中飘零。

三间小屋，说大不大，说小不小。非常世界，建立精神的栖息地，是智慧生灵的义务，每人都有如此的权利。我们可以不美丽，但我们健康。我们可以不伟大，但我们庄严。我们可以不完满，但我们努力。我们可以不永恒，但我们真诚。

> 人唯有具有独立的自我意识，才能真正享受自己的人生。

赏析

本文脉络清晰，层次分明，用总分总的方式揭示主题：先通过空间的概念，引出下面对于精神小屋的论述；接着用俗语从身体空间过渡到心灵空间，并且讨论心灵空间的标准，引出自己心灵需要三间小屋；然后论证了心灵盛放爱、事业和自我的意义，最后总结全文，升华主题。

心灵是个抽象难以描述的概念，文章巧妙地把心灵和心灵中的各种情感做了描述，用了大量的比喻手法，化抽象为具象，让人印象深刻。如白雪的顶棚、露水的地面、江米纸的窗棂让精神小屋这一形象具体化，而泥泞、沼泽、窗棂破裂等意象让人感觉到可惜和悲哀，从侧面更让人明白精神自主的重要性。

帕斯卡在《人是一根能思考的苇草》中说，人总是想方设法地占有更多的空间和时间。但这是徒劳的。唯有思想可以穿越亘古的时空。作者并不是试图告诫我们都应该像帕斯卡说的那样通过思想变成伟大的人，而是告诉我们我们可以不伟大，但不能不庄严；我们可以平凡，但不可以平庸。只要具有独立的精神，内心充满仁爱和事业，就是一个大写的人。

今世的五百次回眸

佛说，前世的 500 次回眸，才换来今生的擦肩而过。顿生气馁，这辈子是没得指望了，和谁路遇和谁接踵，和谁相亲和谁反目，都是命定，挣扎不出。特别想到我今世从医，和无数病患咫尺对视。若干垂危之人，我手经治，每日查房问询，执腕把脉，相互间凝望的频率更是不可胜数，如有来世，将必定与他们相逢，赖不脱躲不掉的。于是这一部分只有作罢，认了就是。但尚余一部分，却留了可以掌握的机缘。一些愿望，如果今生屡屡瞩目，就埋了一个下辈子擦肩而过的伏笔，待到日后便可再接再厉地追索和厮守。

今世，我将用余生 500 次眺望高山。我始终认为高山是地球上最无遮掩的奇迹。一个浑圆的球，有不屈的坚硬的骨骼隆起，离太阳更近，离平原更远，它是这颗星球最勇敢最孤独的犄角。它经历了最残酷的折叠，也赢得了最高耸的荣誉。它有诞生也有消亡，它将被飓风抚平，它将被酸雨冲刷，它将把溃败的肌体化作肥沃的土地，它将在柔和的平坦中温习伟大。我不喜欢任何关于征服高山的言论，以为那是人的菲薄和短视。真正的高山不可能被征服，它只是在某一个瞬间，宽容地接纳了登山者，让你在它头顶歇息片刻，给你一窥真颜的恩赐。如同一只鸟在树梢啼叫，它敢说自己把大树征服了吗？山的存在，让我们永葆谦逊和恭敬的姿态，知道在这个世界上，有一些事物必须仰视。

今生，我将用余生 1000 次不倦地凝望绿色。我少年戍边，有 10 年的时间面对的是皑皑冰雪，看到绿色的时间已经比他人少了许多。若是因为这份不属于我选择的怠慢，罚我下辈子少见绿岛，岂不冤枉死了？记得在千百个与绿色隔绝的日子之后，我下了喀喇昆仑山，在新疆叶城突然看到辽阔的幽深绿色之后，第一反应竟是悚然，震惊中紧闭了双眼，如同看到密集的闪电。眼神荒疏了忘却了这人间最滋润的色彩，以为是虚妄的梦境。就在那一瞬，我皈依了绿色。这是最美丽的归宿，有了它，生命才得以繁衍和兴旺。常常听到说地球上的绿地到了××年就全部沙化了，那是多么恐怖的期限。为了人类的长盛不衰，我以目光持久地祷告。

今生，我将 1 万次目不转睛地注视人群。如果有来生，我期望还将成为他们之中的一员，而不是其他的什么动物或是植物。尽管我知道人类有那么多可怕的弱点和缺陷，我还是为这个物种的智慧和勇敢而赞叹。我做过一次人类了，我知了怎样才能更好地做人。做人是一门长久的功课，当我们刚刚学会了最初的运算，教科书就被合上。卷子才答了一半，抢卷的铃声就响了，岂不遗憾？

把自己喜欢的事一一想来，我还要看海看花，看健美的运动员看睿智的科学家，看慈祥的老人和欢快的少女当然还有无邪的小童，突然就笑了。想我这余生，也不用干其他的事了，每天就在窗前屋后

> 高山具有真实、不屈、勇敢、孤独的精神。关于"不能征服高山"的言论，告诉我们一个深刻的道理：这个世界上，有一些事物必须仰视，对其要永葆谦逊和恭敬的态度。

> 对绿色的"崇拜"，绿色使生命得以繁衍和兴旺。

本段是作者感情的转折点，对来生的想象以及对美好事物的观照，都是为了提醒我们，不要瞻前顾后，要把握当下。

呆呆地看山看树看人群吧，以求个来世的擦肩而过。这样一路地看下去，来世的愿望不知能否得逞，今生的时光可就白白荒废了。于是决定，从此不再东张西望，只心定如水，把握当前。

不为虚缈的擦肩而过，而把余生定格在回眸之中。喜欢山所表达的精神，就游历和瞻仰山的英拔和广博，期望自己也变得如许坚强。喜欢绿色和生命，喜爱人的丰饶和宝贵，就爱惜资源，尊重自己也尊重他人。

赏析

本文的行文思路令人叹服，先用了大量的篇幅带着你认同作者的选择"为了掌握来世的部分机缘，今生就为此'五百次地回眸'，不停地走走看看"，没想到快到篇末之时，话峰一转，态度陡然一变，表达出为了虚无缥缈的来世，而荒废眼前的今生是不理智的，于是毅然决然地做出了"从此不再东张西望，只心定如水，把握当前"的决定，文末总结全文，深化中心。不再为虚无缥缈的来世念念不忘，更重要的是把握眼前实实在在的今生，关注身边的美景，关注身边的人，这样才能把今生过得更充实，更美好。艺术地表达了作者的人生观点，给读者以深深的启迪。

文中精彩的语句很多，含蓄凝练，生动形象又富含哲理。如第三段，"就在那一瞬，我皈依了绿色"，含蓄地写出了作者被震撼后，对绿色的崇拜。再如第四段的比喻句，"卷子才答对一半，抢卷的铃声就响了"委婉地告诉我们：如果不好好把握今生，就会给人生留下遗憾。

佑护灾难中的孩子

朋友给我讲过这样一个故事。

一位年轻的母亲，抱着三岁的女儿，乘坐长途汽车。旷野的高速公路上突然起了浓雾，气团包抄过来，好像牛奶翻滚。司机就把车靠在紧急停车带，耐心等待。过了许久，雾渐渐稀薄些，为了赶时间，司机就上路了。雾大，管理站封锁了高速公路，路面上几乎没有一辆车。司机就很放心的加快了速度。惨案就在此时发生。当司机发现前面有一辆货车抛锚时，尽管把刹车全力踩死，客车车头还是拱入了货车车厢。

货车上满载着的钢筋，在客车巨大的惯性之下，化成锋利的长矛，将客车前三排座位齐刷刷戳透，无数鲜血喷溅而出……

那位抱着孩子的母亲，当场死了。也许是生命的本能，也许是冥冥中的神灵指点，总之在那电光火石的恐惧刹那，母亲把女儿猛地往下一压，一根钢筋擦着小姑娘的头刺了过去，小女孩连一根头发都没有伤着。

> "猛地"反映出母亲想要在生死刹那间保护女儿的急切心情。若不是母亲的保护，小女孩也难逃被"戳透"的命运，这是母爱的本能，是母爱无私与伟大的体现。

客车停住了，后排座位上幸免遇难的人们，庆幸自己命大的同时，竭力抢救着前排的乘客。

听人说，那三岁的小姑娘，爬起来仔细地看了看自己的母亲，第一句对别人说的话是——我妈妈流了这么多的血，她死了。

她默默地看着人们翻动妈妈的尸体，过了一会儿，当人们放弃抢救的希望，抱起孩子时，听到她清清楚楚地说的第二句话是——我妈妈死了之后，我不要后妈。

两次转述小女孩的语言，作者没有常规地使用双引号，而使用了破折号，起到了解释的作用，加重了强调的意味。两次语言描写，刻画出小女孩异于同龄孩子的老练，精明。

给我转述我这个悲剧的朋友发着感慨：你看看如今的孩子，真是小精灵！当时就知道她妈妈死了，也不哭。然后马上就想到了后妈的事，就这么能琢磨。有的人不信，后来见了面就当场试验。问那孩子，你知道发生了什么事吗？

我说，那孩子是怎么回答的呢？

朋友说，还真像别人学的那样，你一问，那小姑娘就说，我妈流了好多好多血……一下子就死了……我听见头顶上轰的一声……我不要后妈……

我说，后来呢？

后来问的人太多了，小姑娘好像觉出了什么，就不说了。什么都不说，充满仇恨地看着你。

我说，事件怎么处理的？

朋友说，客车和货车打官司，都说对方的责任大。死者家属不让火化尸体，人就一直在冰柜里冻着。为了催促解决，死者家属联名上访，拖家带口的集体告状……

我焦虑地问，在大家做这些事的时候，那个小姑娘在哪儿呢？

朋友说，她在哪儿？她还能在哪儿？当然是跟着她爸爸了。大伙说什么，她就听着呗。上访的时候，大伙教她跟领导说，要是不赔我们家钱，就不把我妈妈从冰柜里拉出来。

我说，小姑娘说了吗？

朋友说，她说了啊。她爸、她姥姥、姥爷、爷爷、奶奶都让她这么说，她哪能不说啊。你还别说，这孩子一出动，哀兵动人，就是管事。领导当时就批了——从厚抚恤。家里人领了一笔钱,后事就办了。

我说，后来呢？

朋友说，还有什么后来？后来就一切都结束了呗！该上班的上班，该上学的上学，各就各位。

我说，那个小姑娘呢？

朋友说，不知道。可能一切都好吧。

我的心，被搅得深深不宁。直觉告诉我，绝不是一切都好！在那个女孩身上，发生了巨大的断裂和混乱。

我相信那个聪慧过人的小姑娘，会对她三岁时经历的这一惨案，留下刻骨铭心的记忆。

也许她会遗忘，忘得一干二净。从此，不记得那喷溅流淌的滚烫鲜血，那呼啸而过的恐怖之声，那骨肉横飞的悲惨场面，那被人传授的鹦鹉学舌……这些悲怆的恐惧和无与伦比的失落，被人体的本能的保护机制，不由分说地压入了混沌的潜意识。

一片空白。因为这种猛烈的负面刺激，也已远远超过了一个幼童的心灵所能承载的负荷。然而，空白之下，依然汩汩地流淌着不息的血流。未经妥善处理的哀痛，绝不会无声无息地消解。它们潜伏在我们心灵的最底层，腐蚀着风化着灵魂的基石，日日夜夜睁着一只怪眼，折磨着我们永无安宁。

也许她什么都记得，但她什么都不说。对一个

> 在朋友轻描淡写的叙述中揭示出家人对于小姑娘心理健康的忽视，对小孩子的利用，这背后反映出的社会问题及人性短板令人深思。

孩子来说，顿失母爱，是多么严酷陡峭的跌落！没有人能够替代母亲温暖的怀抱，没有人能够补起塌陷的太阳。孩子的世界，在这一瞬间永远地变了颜色！从此，她沉默寡言，自卑自弃或是自怜自恋。她怨天尤人，不能从容接受别人的爱，也不能慷慨施与他人以爱，乖戾暴躁喜怒无常……世上游荡着一个冷漠孤寂的独影，到处洒下点点凄苦的清泪或是——永不流泪。

当然，事情也许会有另外的可能性，但我不敢盲目乐观。上述的发展趋势，并非危言耸听。我们曾在无数成人的心理障碍中，看到幼年不幸的浓重阴影。

天灾人祸之中，谁是最痛楚的受难者？是失去丈夫的妻子，还是失去妻子的丈夫？是失去子女的父母，还是失去父母的子女？

这样的比较，也许最终是无法完成的，旋涡中的每一个人都椎心泣血。但我还是要说，那个三岁的女孩，是最最需要佑护的人啊！

因为她稚弱，因为她敏感，因为她聪慧，因为她是惨案的最近目击者，因为她的心灵是一朵刚刚孕育的蓓蕾。

也许她的身上没有血痕，但我知道，她的心被洞穿。也许她的神经没有折断，但我知道，她的大脑激烈震荡。也许她的视力依然完整，但我知道，她的眼前出现了拂不去的昏暗。也许她的呼吸并不困难，但我知道，她的灵魂一次次地窒息……

多次使用排比，从多个角度，多种层次揭示出小女孩才是惨剧中最应该关注、佑护的人。

我由此呼吁，在一切灾难的现场，我们不但要在第一时间，全力救助孩子身体上的创伤，而且要最大限度地保护他们稚嫩的心灵。尽快地将他们从恐怖的现场抱离，给他们以温暖的安全的庇护。不要诱发他们对悲惨处境无休止的回忆，不要出于成人的功利目的，将未成年人拉入处理后事的复杂局面。要由训练有素的人员，对突发灾难中的孩子，进行系统的医救和后续的治疗……

我不知那个三岁的女孩，现在何处？我希望她的家人能给予她无尽的关爱。我希望她能从悲怆中站起，我希望她安宁享有明媚的人生。

赏析

本文通过朋友讲述的一个故事，反映了目前普遍存在的人们对孩子心理健康比较忽视的社会现象，同时也是对人性的一种鞭挞。这种忽视可以从两个方面反映出来，最直接的表现是孩子是惨剧的参与者和见证者，但孩子的家人关注的问题却是死者的赔偿问题，从来没有注意到孩子的心理疏导的问题。而且他们利用孩子来索要赔偿，本身是对孩子的另一种伤害。也反映了他们的贪婪和无知。而另一方面朋友在讲述这个故事的时候，所感兴趣的也只是孩子在目睹母亲死亡时的反应，而对于事后如何对于孩子进行疏导的问题没有任何的思考和评论，这就是说这一问题并不只在孩子家人身上存在，而是普遍存在的一种社会现象。也正是在这种严峻的现实环境中，作者才在文中发出了"救救孩子"的呼吁，号召大家关爱灾难中孩子的心灵健康。

在写作上，作者虽然是转述朋友所讲的故事，但并不是一股脑儿地将故事讲出来，而是用"我"与朋友对话的方式逐步呈现，中间含着"我"的步步追问，体现了"我"的思维过程，通过这样的方式起到了引领读者步步思考的作用，不仅为后文的议论做了铺垫，同时也唤起读者关注灾难中的孩子心理健康。本文议论深刻、严密，作者从孩子"也许会遗忘""也许会记得"两个角度来推理，得出无论是记得还是遗忘惨剧都会给小女孩的心灵造成巨大的伤害的结论，在此基础上再发出关注灾难中的孩子的心理健康的呼吁，才能显得有理有据，才不至于被人误作无病呻吟、小题大做，才能唤起人们对于这个长期被忽略的问题的思考和关注。

第二辑

学着自己强大

自信第一课

1972 年的一天，领导通知我速去乌鲁木齐报到，新疆军区军医学校在停顿若干年后这年第一次招生，只分给阿里军分区一个名额，首长经过研究讨论，决定让我去。

按理说，我听到这个消息应该喜出望外才是。且不说我能回到平地，吸足充分的氧气，让自己被紫外线晒成棕褐色的脸庞得到"休养生息"，就是从学习的角度讲，在重男轻女的部队能够把这样宝贵的唯一的名额分到我头上，也是天大的恩惠了。但是在记忆中，我似乎对此无动于衷，也许是雪山缺氧把大脑纤维冻得迟钝了。我收拾起自己简单的行李，从雪山走下来，奔赴乌鲁木齐。

1969 年，我从北京到西藏当兵，那种中心和边陲的，文明和旷野的，优裕和茹毛饮血的，高地和凹地的，温暖和酷寒的，五颜六色和纯白的……一系列剧烈反差，就在我的心底搅起了沧海桑田般的变化。面临死亡咫尺之遥，面对冰雪整整三年，我再也不是当初那个天真烂漫的城市女孩，内心已变得如同喜马拉雅山万古不化的寒冰般苍老。我不会为了什么事件的突发和变革的急剧而大喜大悲，只会淡然承受。

入学后，从基础课讲起，用的是第二军医大学

> 通过一系列的对比，交代了"我"在面对这次学习机会面前为什么变得"无动于衷"。

的教材，教员由本校的老师和新疆军区总医院临床各科的主任、新疆医学院的教授担任。记得有一次，考临床病例的诊断和分析。要学员提出相应的治疗方案。那是一个不复杂的病案，大致的病情是由病毒引起重度上呼吸道感染，病人发烧流涕咳嗽、血象低，还伴有一些阳性体征。我提出方案的时候，除了采用常规的治疗外，还加用了抗菌素。

讲评的时候，执教的老先生说："凡是在治疗方案里使用了抗菌素的同学都要扣分。因为这是一个病毒感染的病例，抗菌素是无效的。如果使用了，一是浪费，二是造成抗药，三是无指征滥用，四是表明医生对自己的诊断不自信，一味追求保险系数……"老先生发了一通火，走了。

后来，我找到负责教务的老师，讲了课上的情况，对他说："我就是在方案中用了抗菌素的学员。我认为那位老先生的讲评有不完全的地方。我觉得冤枉。"

教务老师说："讲评的老先生是新疆最著名的医院的内科主任，是在 1949 年前的帝国医科大学毕业的；在国民党的军队里做到很高的医官，他的医术在整个新疆是首屈一指的。把这老先生请来给你们讲课，校方已冒了很大的风险。他是权威，讲得很有道理。你有什么不服的呢？"

我说："我知道老先生很棒。但是具体问题要具体分析。他提出的这个病例并没有说出就诊所在的地理位置。比如要是在我的部队，在海拔 5000 米以上的高原，病员出现高烧等一系列症状，明知是病毒感染，一般的抗菌素无效，我也要大剂量使用。因为高原气候恶劣，病员的抵抗力大幅度下降，很可能合并细菌感染。如果到了临床上出现明确的感染征象时才开始使用抗菌素的话，那就晚了，来不及了。病员的生命已受到严重威胁……"

教务老师沉默不语。最后，他说："我可以把你的意见转告给老先生，但是，你的分数不能改。"

我说："分数并不重要。您听我讲完了看法，我已知足了。"

教室的门开了，校工闪了进来，搬进来一把木椅子摆在讲案旁，且侧放。我们知道，老先生又要来了。也许是年事已高，也许是习惯，总之，老先生讲课的时候是坐着的，而且要侧着坐，面孔永远不面向学生，只是对着有门或有窗的墙壁。不知道他这是积习，还是不屑于面对我们，或是有什么难言之隐。

这里重点描写了老先生的坐姿，写出了老先生的特立独行，也为后文这一次老先生反常的讲课姿势下伏笔。

这一次，老先生反常地站着。他满头白发，面容黧黑如铁，身板挺直如笔管，让我笃信了他曾是国民党医官一说。

老先生目光如锥，直视大家，音量不大，但在江南口音中运了力道，话语中就有种清晰的硬度了。他说："听说有人对我的讲评有意见，好像是一个叫毕淑敏的同学。这位同学，你能不能站起来，让我这个当老师的也认识你一下？"

通过对老先生的肖像和语言描写，生动形象地刻画了一个严厉、刚直而有权威的老医生形象，让读者如见其人，也突显"我"能坚持自己观点的不易。

我只有站起来。

老先生很注意地看了我一眼，说："好。毕淑敏，我认识你了，你可以坐下了。"

说实话，那几秒钟，真把我吓坏了。不过，有什么办法呢？说出的话就像注射到肌肉里的药水一样，你是没办法抠出来的。

全班寂静无声。

老先生说："毕淑敏，谢谢你。你是好学生，你讲得很好。你的话里有一部分不是从我这儿学到的，因为我还没有来得及教给你那么多。是的，作为一个好的医生，一定不能全搬书本，一定不能教条，要根据具体的情况决定治疗方案。在这一点上，你们要记住，无论多么好的老师，也不可能把所有的规则都教给你们。我没有去过毕淑敏所在的那个 5000米高的阿里，但是我知道缺氧对人的影响。在那种情况下，她主张使用抗菌素是完全正确的。我要把她的分数改过来……"

我听到教室里响起一阵轻微的欢呼。因为写了抗菌素治疗的不仅我一个，很多同学为这一改正而欢欣。

老先生紧接着说："但在全班，我只改毕淑敏一个人的分数。你们有人和她写的一样，还是要被扣分。因为你们没有说出她那番道理，是知其然而不知其所以然。你现在再找我说也不管事了，即使你是冤枉的也不能改。因为就算你原来想到了，但对上级医生的错误没敢指出来。对年轻的医生来说，忠诚于病情和病人，比忠实于导师要重要得多。必要的时候，你宁可得罪你的上司，也万万不能得罪你的病人……"

这席话掷地有声。事过这么多年，我仍旧能够清晰地记得老先生如锥的目光和舒缓但铿锵有力的语调。平心而论，他出的那道题目是要求给出在常规情形下的治疗方案，而我竟从某个特殊的地理环境出发，并苛求于他。对一个初出茅庐的年轻人的不全面的异议，老先生表现出虚怀若谷的气量和真正医生应有的磊落品格。

真的，那个分数对我来说完全不重要，重要的是我在此番高屋建瓴的话语中悟察到了一个优等医生的拳拳之心。

我甚至有时想，班上同学应该很感激我的挑战才对。因为没过多长时间，老先生就因为身体的关系不再给我们讲课了。如果不是我无意中创造了这个机会，我和同学们的人生就会残缺一段非常凝重宝贵的教诲。

我的三年习医生涯，在我的生命中是一个重大的转折。我从生理上明了了人体，也从精神上对自己有了更多的信任。我知道了我们的灵魂居住在怎样的一团组织之中，也知道了它们的寿命和限制。如果说在阿里的时候我对生命还是模模糊糊的敬畏，那么，教师的教诲使我确立了这样的观念：一生珍爱自身，并把他人的生命看得如珠似宝，全力保卫这宝贵而脆弱的珍品。

> "我"自信、不畏权威，指出了特殊的地理环境下的治疗方案，但老先生的气量和医者心，更值得"我"敬重。

赏析

文中的老先生是一位可敬的学者。最初，我们认识的是一位正在发火的老先生，他有理有据地说明了为什么要给使用抗生素的同学扣分，看得出来他很生气。接着，我们看到的是令人敬仰的老先生。他一改多年的习惯站着讲课，表情庄重严肃。听了他在了解"我"为什么在治疗方案中添加抗生素的原因以后那一番话，我们看到了这位老先生的磊落的胸怀。一位首屈一指的医学权威听到年轻学员的不同意见能认真反思，当他认识到这样的做法是对的，积极肯定，而且把扣掉的分改过来，他维护的是学术的权威，而不是自己声望的权威。

后来文章讲老先生为什么只给"我"一个人改分。与其说是老先生在讲述改分的理由，不如说老先生为我们每个人上了一堂课，告诉我们"忠诚于病情和病人，要比忠实于导师更重要"。老先生从"我"身上看到了无论是做学问还是做医生都应该具有的实事求是的态度，这份认真求实的严谨让老先生感到欣慰。而老先生的气量和严谨的治学态度也值得我们尊敬。

我很重要

当我说出"我很重要"这句话的时候，颈项后面掠过一阵战栗。我知道这是把自己的额头裸露在弓箭之下了，心灵极容易被别人的批判洞伤。

许多年来，没有人敢在光天化日之下表示自己"很重要"。我们从小受到的教育都是——"我不重要"。

作为一名普通士兵，与辉煌的胜利相比，我不重要。

作为一个单薄的个体，与浑厚的集体相比，我不重要。

作为一位奉献型的女性，与整个家庭相比，我不重要。

作为随处可见的人的一分子，与宝贵的物质相比，我们不重要。

当我在国外的一份刊物上看到"一个人的价值胜于整个世界"的口号时，曾大惑不解。

我们一一简明扼要地说，就是每一个单独的"我"——到底重要还是不重要？

我是由无数星辰日月草木山川的精华汇聚而成的。只要计算一下我们一生吃进去多少谷物，饮下了多少清水，才凝聚成一具美轮美奂的躯体，我们一定会为那数字的庞大而惊讶。平日里，我们尚要珍惜一粒米、一叶菜，难道可以对亿万粒菽粟亿万

开宗明义，提出中心观点。"战栗"是表明我提出"我很重要"的说法，是会受到非议的。

"不重要"和"重要"对比，表明作者的疑惑，引出下文对于自我重要的论述。

滴甘露滋养出的万物之灵，掉以丝毫的轻心吗？

当我在博物馆里看到北京猿人窄小的额和前凸的吻时，我为人类原始时期的粗糙而黯然。他们精心打制出的石器，用今天的目光看来不过是极简单的玩具。如今很幼小的孩童，就能熟练地操纵语言，我们才意识到已经在进化之路上前进了多远。我们的头颅就是一部历史，无数祖先进步的痕迹储存于脑海深处。我们是一株亿万斯年苍老树干上最新萌发的绿叶，不单属于自身，更属于土地。人类的精神之火，是连绵不断的链条，作为精致的一环，我们否认了自身的重要，就是推卸了一种神圣的承诺。

从历时性的角度阐释了人的重要性，人的重要性是进化理论的必然结果。用了比喻的手法，将我们比作最新萌发的绿叶，清新自然，表明了人立足于历史之根，并且日新月异。

回溯我们诞生的过程，两组生命基因的嵌合，更是充满了人所不能把握的偶然性。我们每一个个体，都是机遇的产物。

常常遥想，如果是另一个男人和另一个女人，就绝不会有今天的我……

即使是这一个男人和这一个女人，如果换了一个时辰相爱，也不会有此刻的我……

即使是这一个男人和这一个女人在这一个时辰，由于一片小小落叶或是清脆鸟啼的打搅，依然可能不会有如此的我……

一种令人怅然以致走入恐惧的想象，像雾霭一般不可避免地缓缓升起，模糊了我们的来路和去处，令人不得不断然打住思绪。

我们的生命，端坐于概率垒就的金字塔的顶端。面对大自然的鬼斧神工，我们还有权利和资格说我不重要吗？

对于我们的父母，我们永远是不可重复的孤本。

无论他们有多少儿女，我们都是独特的一个。

假如我不存在了，他们就空留一份慈爱，在风中蛛丝般无法附骥地飘荡。

假如我生了病，他们的心就会皱缩成石块，无数次向上苍祈祷我的康复，甚至愿灾痛以 10 倍的烈度降临于他们自身，以换取我的平安。

我的每一滴成功，都如同经过放大镜，进入他们的瞳孔，摄入他们心底。

假如我们先他们而去，他们的白发会从日出垂到日暮，他们的泪水会使太平洋为之涨潮。

面对这无法承载的亲情，我们还敢说我不重要吗？

我们的记忆，同自己的伴侣紧密缠绕在一处，像两种混淆于一碟的颜色，已无法分开。你原先是黄，我原先是蓝，我们共同的颜色是绿，绿得生机勃勃，绿得苍翠欲滴。失去了妻子的男人，胸口就缺少了生死攸关的肋骨，心房裸露着，随着每一阵轻风滴血。失去了丈夫的女人，就是齐崭崭折断的琴弦，每一根都在雨夜长久地自鸣……

面对相濡以沫的同道，我们忍心说我不重要吗？

俯对我们的孩童，我们是至高至尊的惟一。我们是他们最初的宇宙，我们是深不可测的海洋。假如我们隐去，孩子就永失淳厚无双的血缘之爱，天倾东南，地陷西北，万劫不复。盘子破裂可以粘起，童年碎了，永不复原。伤口流血了，没有母亲的手为他包扎。面临抉择，没有父亲的智慧为他谋略……面对后代，我们有胆量说我不重要吗？

与朋友相处，多年的相知，使我们仅凭一个微蹙的眉尖，一次睫毛的抖动，就可以明了对方的心

这几段从我和亲人关系的角度来论证我的重要性。用了假设论证、比喻论证，还用了夸张的手法，突显失去我之后亲人的悲痛和无助，让人感触万分。

用假设论证，来证明我对孩童的重要性。细节描写生动感人。

情。假如我不在了，就像计算机丢失了一份不曾复制的文件，他的记忆库里留下不可填补的黑洞。夜深人静时，手指在揿了几个电话键码后，骤然停住，那一串数字再也用不着默诵了。逢年过节时，她写下一沓沓的贺卡。轮到我的地址时，她闭上眼睛……许久之后，她将一张没有地址只有姓名的贺卡填好，在无人的风口将它焚化。

相交多年的密友，就如同沙漠中的古陶。摔碎一件就少一件，再也找不到一模一样的成品。面对这般友情，我们还好意思说我不重要吗？

我很重要。

我对于我的工作我的事业，是不可或缺的主宰。我的别出心裁的创意，像鸽群一般在天空翱翔，只有我才提得住它们的羽毛。我的设想像珍珠一般散落在海滩上，等待着我把它用金线拴起。我的意志向前延伸，直到地平线消失的远方……

没有人能替代我，就像我不能替代别人。

我很重要。

我对自己小声说。我还不习惯嘹亮地宣布这一主张，我们在不重要中生活得太久了。

我很重要。

我重复了一遍，声音放大了一点。我听到自己的心脏在这种呼唤中猛烈地跳动。

我很重要。

我终于大声地对世界这样宣布。片刻之后，我听到山岳和江海传来回声。

是的，我很重要。我们每一个人都应该有勇气这样说。我们的地位可能很卑微，我们的身份可能

> 用假设论证来写失去自己后朋友的不习惯和内心的悲伤。将密友比作沙漠中的古陶，直言非常珍贵。

> 用了比喻的手法，将自己的创意和设想比作鸽群和珍珠，写出了自己想法的自由广博和美好珍贵，独一无二。

很渺小，但这丝毫不意味着我们不重要。

重要并不是伟大的同义词，它是心灵对生命的允诺。

对于一株新生的树苗，每一片叶子都很重要。对于一名孕育中的胚胎，每一段染色体碎片都很重要。甚至驰骋寰宇的航天飞机，也可以因为一个油封橡皮圈的疏漏而凌空爆炸，你能说它不重要吗？

人们常常从成就事业的角度，断定我们是否重要。但我要说，只要我们在时刻努力着，为光明在奋斗着，我们就是无比重要地生活着。

让我们昂起头，对着我们这颗美丽的星球上无数的生灵，响亮地宣布——

我很重要。

> 举例论证，用叶子之于树苗，染色体之于胚胎，橡皮圈之于航天飞机来侧面论证我之于整个世界的重要性，看似微不足道，实则能够影响全局。

赏析

作为一篇带有议论性质的散文，本文的写作方法是很值得借鉴的。从结构上看，脉络清晰，先开宗明义，提出中心观点，接下来从反面角度阐释，从正面角度论证，最后总结全文，升华主题。从论证方法来看，用了大量的比喻论证、假设论证、举例论证来证明自己的观点。同时多用反复的手法，加强论证的效果。作者并没有试图从学理的角度去分析个体的重要性，而是从社会生活的各个方面，从我与朋友、亲人、伴侣、孩童的关系角度去论证，避免空洞说理的同时，也容易引起读者的共鸣。此外大量的细节描写也让人感触颇深。

当下，我们应该更多关注的是个体怎样才能在国家不断向前发展的浪潮之中找寻到自我存在的意义，最大限度地发挥自己的价值。

地铁客的风格

　　挤车可见风格。陌生人与陌生人亲密接触，好像丰收的一颗葡萄与另一颗葡萄，彼此挤得有些变形。也似从一个民族刺出的一滴血，可验出一个民族的习惯。

　　那一年刚到日本，出行某地，正是清晨，地铁站里无声地拥挤着。大和民族有一种喑哑的习惯，嘴巴钳得紧紧，绝不轻易流露哀喜。地铁开过来了，从窗户看过去，厢内全是黄皮肤，如等待化成纸浆的芦苇垛，僵立着，纹丝不动。我们因集体行动，怕大家无法同入一节车厢，走散了添麻烦，显出难色。巴望着下列车会松些，等了一辆又一辆。翻译急了，告知日本地铁就是这种挤法，再等下去，必全体迟到。大伙说就算我们想上，也上不去啊。翻译说，一定上得去的，只要你想上。有专门的"推手"，会负责把人群压入车门。于是在他的率领下，破釜沉舟地挤车。嘿，真叫翻译说着了，当我们像一个肿瘤，凸鼓在车厢门口之时，突觉后背有强大的助力拥来，猛地把我们抵入门内。真想回过头去看看这些职业推手如何操作，并致敬意。可惜人头相撞，颈子根本打不了弯。

　　肉躯是很有弹性的，看似针插不进水泼不进的车厢，呼啦啦一下又顶进若干人。地铁中灯光明亮，在如此近的距离内，观察周围的脸庞，让我有一种

> 刻画地铁中的拥挤。"肿瘤"的比喻，内涵深厚，既有"形"的刻画，又有"神"的传递。

惊骇之感。日本人如同干旱了整个夏秋的土地，板结着，默不作声。躯体被夹得扁扁的，神色依然平静，对极端的拥挤毫无抱怨神色，艰忍着。我终于对他们享誉世界的团队精神，有了更贴近的了解。那是在强大的外力之下，凝固成铁板一块。个体消失了，只剩下凌驾其上的森冷意志。

以异国观察者的视角刻画车厢内人群的形态和表情，比喻句的连续使用，将其"默不作声"的拥挤写得入木三分。最后的点睛之笔，将"挤车"背后的民族习性点了出来。

真正的苦难才开始。一路直着脖子仰着脸，以便把喘出的热气流尽量吹向天花板，别喷入旁人鼻孔。下车时没有了职业推手的协助，抽身无望。车厢内层层叠叠如同页岩，嵌顿着，只能从人们的肩头掠过。众人分散在几站才全下了车，拢在一起。从此我一想到东京的地铁，汗就立即从全身透出。

上段刻画空间内人群的状态，本段描写行车途中自己的状态。

美国芝加哥的地铁，有一种重浊冰凉的味道，到处延展着赤裸裸的钢铁，没有丝毫柔情和装饰，仿佛生怕人忘了这是早期工业时代的产物。

又是上班时间。一辆地铁开过来了，看窗口，先是很乐观，厢内相当空旷，甚至可以说疏可走马，必能松松快快地上车了。可是，且慢，厢门口怎么那样挤？仿佛秘结了一个星期的大肠。想来这些人是要在此站下车的，怕出入不方便，所以早早聚在出口吧。待车停稳，才发现那些人根本没有下车的打算，个个如金发秦叔宝，扼守门口，绝不闪让。车下的人也都心领神会地退避着，乖乖缩在一旁，并不硬闯。我拉着美国翻译就想窜入，她说再等一辆吧。眼看着能上去的车，就这样懒散地开走了，真让人于心不忍。我说，上吧。翻译说，你硬挤，就干涉了他人的空间。正说着，一位硕大身膀的黑人妇女，冲决门口的阻挠挺了上去，侧身一扛就撞到中部敞亮地域，朝窗外等车者肆意微笑，甚是欢快。我说，你看你看，人家这般就上去了。翻译说，你看你看，多少人在侧目而视。我这才注意到，周围的人们，无论车上的和车下的，都是满脸的不屑，好似在说，请看这个女人，多么没有教养啊！

芝加哥地铁中间空而门口堵，以"秘结了一个星期的大肠"来写厢门口的拥挤，让人忍俊不禁。和前文写日本挤地铁形成对比。

我不解，明明挤一挤就可以上去的，为何如此？翻译说，美国的习俗就是这样。对于势力范围格外看重，我的就是我的，神圣不可侵犯。来的早，站在门口，这就是我的辖地。我愿意让出来，是我的自由；我不愿让，你就没有权利穿越……

北京地铁的拥挤程度，似介于日本和美国之间。我们没有职业的"推手"（但愿以后也不会有，如果太挤了，政府就应修建更多的交通设施，想更人性化的主意，而不是把人压榨成渣滓），是不幸也是幸事。

承上文而来，点出北京地铁和日本、美国不同的状况。"是不幸也是幸事"，设置悬念，引出下文。

会不会挤车，是北京人地道与否的重要标志之一。单单挤得上去，不是本事。上去了，要能给后面的人也闪出空隙，与人为善才是正宗。只有民工才大包小包地挤在门口处。他们是胆怯和谦和的，守门不是什么领地占有欲，而是初来乍到，心中无底，怕自己下不去车。他们毫无怨言地任凭人流的撞击，顽强地为自己保有一点安全感。在城里待久了，他们就老练起来，一上车就机灵地往里走，用半生不熟的普通话说着：劳驾借光……车厢内膛相对松快，真是利人利己。北京的地铁客在拥挤中，被人挤了撞了，都当作寻常事，自认倒霉，并不剑拔弩张。比如脚被人踩了，上等的反应是幽默一把，说一句：

"对不起，我硌着您的脚了。"中等的也许说："倒是当心点啊，我这脚是肉长的，您以为是不锈钢的吧？"即便是下等的反响，也不过是嘟囔一句："坐没坐过车啊，悠着点，我这踝子骨没准折了，你就得陪我上医院 CT 去！"之后一瘸一拐地独自下车了。

人与人的界限这个东西，不可太清，水至清则无鱼，到了冷漠的边缘；当然也不可太近，没有了界限也就没有了个性没有了独立。适当的"度"，是一种文化的约定俗成。

还是喜欢中庸平和之道。将来有了环球地铁，该推行的可能正是北京这种东方式的弹性距离感。

承接上文三处事例，由地铁"挤车"引出"人与人界限"的话题，点出"度的适当"对于人们生活的重要。最后以自己的判断，委婉地对北京地铁呈现的"东方式弹性距离感"进行了肯定。

赏析

文章以地铁中"挤车"为切入口，分别刻画了日本、美国、北京三个地方"挤车"的异与同，进而借小事说大理，挤车风格的不同，其实是人的品性和民族习性的不同。比喻句的恰当使用，将三幅场景活灵活现地展现在读者面前。总分总的文章结构则让作者的叙述和说理都显得严谨。

行使拒绝权

拒绝是一种权利，就像生存是一种权利。

古人说，有所不为才能有所为。这个"不为"，就是拒绝。

人们常常以为拒绝是一种迫不得已的防卫，殊不知它更是一种主动的选择。

纵观我们的一生，选择拒绝的机会，实在比选择赞成的机会，要多得多。因为生命对于我们只有一次，要用唯一的生命成就一种事业，就需在千百条道路中寻觅仅有的花径，我们确定了"一"，就拒绝了九百九十九。

拒绝如影随形，是我们一生不可拒绝的密友。

我们无时无刻不是生活在拒绝之中，它出现的频率，远较我们想象的频繁。

你穿起红色的衣服，就是拒绝了红色以外所有的衣服。

你今天上午选择了读书，就是拒绝了唱歌跳舞，拒绝了参观旅游，拒绝了与朋友的聊天，拒绝了和对手的谈判……拒绝了支配这段时间的其他种种可能。

你的午餐是馒头和炒菜，你的胃就等于庄严宣布同米饭、饺子、馅饼和各式各样的煲汤绝缘。无论你怎样逼迫它也是枉然，因为它容积有限。

你选择了律师这个职业，毫无疑问就等于拒绝了建筑师的头衔。也许一个世纪以前，同一块土地还可套种，精力过人的智慧者还可多方向出击，游刃有余。随着现代社会的发展，任何一行都需从业者的全力以赴，除非你天分极高，否则兼作的最大可能性，是在两条战线功败垂成。

你认定了一个男人或是一个女人为终身伴侣，就斩钉截铁地杜绝了这世界上数以亿计的男人和女人。也许他们更坚毅更美丽，但拒绝就是取消，拒绝就是否决。拒绝使你一劳永逸，拒绝让你义无反顾，拒绝在给予你自由的同时，取缔了你更多的自由。拒绝是一条单航道，你开启了闸门，江河就奔腾而下，无法回头。

拒绝对我们如此重要，我们在拒绝中成长和奋进。如果你不会拒绝，你就无法成功地跨越生命。

拒绝的实质是一种否定性的选择。

拒绝的时候，我们往往显得过于匆忙。

我们在有可能从容拒绝的日子里，胆怯而迟疑地挥霍了光阴。我们推迟拒绝，我们惧怕拒绝。我们把拒绝比作困境中的背水一战，只要有一分可能，就鸵鸟似的缩进沙砾。殊不知当我们选择拒绝的时候，更应该冷静和周全，更应有充分的时间分析利弊与后果。拒绝应该是慎重思虑之后一枚成熟的浆果，而不是强行捋下的酸葡萄。

拒绝的本质是一种丧失，它与温柔热烈的赞同相比，折射出冷峻的付出与掷地有声的清脆，更需要果决的判断和一往无前的勇气。

你拒绝了金钱，就将毕生扼守清贫。

你拒绝了享乐，就将布衣素食天涯苦旅。

承上文五个排比段做一个总结。拒绝是重要的，我们在拒绝中成长奋进，跨越生命。

拒绝应有的态度是冷静周全的，拒绝应该有充分的时间分析利弊与后果，拒绝是慎重思虑之后的成熟的决定。

你拒绝了父母，就可能成为飘零的小舟，孤悬海外。

你拒绝了师长，就可能被逐出师门自生自灭。

你拒绝了一个强有力的男人相助，他可能反目为仇，在你的征程上布下道道激流险滩。

你拒绝了一个神通广大的女人的青睐，她可能笑里藏刀，在你意想不到的瞬间刺得你遍体鳞伤。

你拒绝上司，也许象征着与一个如花似锦的前程分道扬镳。

你拒绝了机遇，它永不再回头光顾你一眼，留下终身的遗憾任你咀嚼。

拒绝不像选择那样令人心情舒畅，它森严的外衣里裹着我们始料不及的风刀霜剑。像一种后劲很大的烈酒，在漫长的夜晚，使我们头痛目眩。

> 在罗列了大量的拒绝的后果之后，点出我们本能地惧怕拒绝的原因。把拒绝的后果比作"我们始料不及的风刀霜剑""后劲很大的烈酒"，形象地写出拒绝的后果是令人受伤、令人痛苦的。

于是我们本能地惧怕拒绝。我们在无数应该说"不"的场合沉默，我们在理应拒绝的时刻延宕不决。我们推迟拒绝的那一刻，梦想拒绝的冰冷体积，会随着时光的流逝逐渐缩小以至消失。

可惜这只是我们善良的愿望，真实的情境往往适得其反。我们之所以拒绝，是因为我们不得不拒绝。

不拒绝，那本该被拒绝的事物，就像菜花状的癌肿，蓬蓬勃勃地生长着，浸润着，侵袭我们的生命，一天比一天更加难以救治。

> 比喻，令人不寒而栗。没有行使自己的拒绝权，会使事情恶化，甚至威胁我们的生命。

拒绝是苦，然而那是一时之苦，阵痛之后便是安宁。

不拒绝是忍，心字上面一把刀。忍是有限度的，到了忍无可忍的那一刻，贻误的是时间，收获的是更大的痛苦与麻烦。

既然拒绝补课避免，那么，如何拒绝呢？此段开启下文三种拒绝方式。

拒绝是对一个人胆魄和心智的考验。

拒绝是一门艺术。

拒绝也分阳刚派与阴柔派。

怒发冲冠是拒绝，浅吟低唱也是拒绝。义正词严是拒绝，王顾左右而言他也是拒绝。声色俱厉是拒绝，低眉敛目也是拒绝。横刀跃马是拒绝，丝弦管竹也是拒绝。

只要心意决绝，无论何方舞台，都可演成拒绝的绝唱。

拒绝有时候需要借口。

借口是一层稀薄的帷幕。它更多表达的是一种善意一种心情。而同表面的涵义无关。

借口悬挂于双方之间，使我们彼此听得见拒绝清脆的声音，看不见拒绝淡漠的表情，因此维持着最后的礼仪。

许多被拒绝的人，执著地追问借口的理由，以为驳倒了理由就挽救了拒绝。这实在是一种淡淡的愚蠢，理由是生长在拒绝这棵大树上取之不竭用之不尽的叶子。如果你真的是想挽回拒绝，去给大树浇水吧。

在某种程度上，借口会销蚀拒绝的力度。它把人们的注意力牵扯到无关的细节，而忽略了坚硬的内核。就像过多的糖稀，会损坏牙齿的珐琅质。它混淆了拒绝真实凝重的本色，使原本简单的事物斑驳不清。

相较之下，我更喜欢那种干干净净没有任何赘物的斩钉截铁的拒绝，它像北方三九天的冰凌，有一种肝胆相照的晶莹和砰然断裂的爽快。不但是个人意志的伸张，而且是给予对方的信任和尊崇。

拒绝对于女人来说，是终生必修的功课。

天下无数繁杂的道路，你只能走一条。你若是条条都走，那就等于在原地转圈子，俗称"鬼打墙"。

女人使用拒绝的频率格外高，是因为女人面对的诱惑格外多。

拒绝是女人贴身的软甲，拒绝是女人进攻的宝剑。

拒绝卑微，走向崇高。

拒绝不平，争取公道。

拒绝无端的蔑视和可恶的恩惠，凭自己的双手和头颅挺身立于性别之林。

不懂得拒绝的女人，如果不是无可救药的弱智，就是倚门卖笑的流莺。

> 因为性别的原因，女人面对的诱惑格外多。身为一名女性作家，毕淑敏把女性的拒绝权提到了非常重要的地位！

因为拒绝，我们将伤害一些人。这就像春风必将吹尽落红一样，有时是一种进行中的必然。如果我们始终不拒绝，我们就不会伤害别人，但是我们伤害了一个跟自己更亲密的人，那就是我们自身。拒绝的味道，并不可口。当我们鼓起勇气拒绝以后，忧郁的惆怅伴随着我们，一种灵魂被挤压的感觉，久久挥之不去。

因为惧怕这种难以言说的感觉，我们有意无意地减少了拒绝。在人生所有的决定里，拒绝是属于破坏而难以弥补的粉碎性行为。这一特质决定了我们在做出拒绝的时候，需要格外的镇定与慎重。

然而拒绝一旦做出，就像打破了的牛奶杯，再不会复原。它凝固在我们的脚步里，无论正确与否，都不必原地长久停留。

拒绝是没有过错的，该负责任的是我们在拒绝前做出的判断。

不必害怕拒绝，我们只需更周密的决断。

拒绝是一种删繁就简，拒绝是一种举重若轻。拒绝是一种大智若愚，拒绝是一种水落石出。

当利益像万花筒一般使你眼花缭乱之时，你会在混沌之中模糊了视线。尝试一下拒绝吧。

用一组排比句阐释拒绝。"删繁就简"是拒绝的方式，"举重若轻"是拒绝的气度，"大智若愚"是拒绝的智慧，"水落石出"是拒绝的结果。

你依次拒绝那些自己最不喜欢的人和事，自己的真爱就像退潮时的礁岩，嶙峋地凸现出来，等待你的攀援。

当你抱怨时间像被无数餐刀分割的蛋糕，再也找不到属于你自己的那朵奶油花时，尝试一下拒绝。

你把所有可做可不做的事拒绝掉，时间就像湿毛巾里的水，一滴一滴地拧出来了。

当你发现生活中蕴涵着太多的苦恼，已经迫近一个人能够忍受的极限，情绪面临崩溃的边缘时，尝试一下拒绝吧。

你也许会发现，你以前不敢拒绝，是为了怕增添烦恼，但是恰恰相反，拒绝像一柄巨大的梳子，快速地理顺了杂乱无章的日子，使天空恢复明朗。

当你被陀螺般旋转的日子搅得耳鸣目眩，忘记了自己是从哪里来，要到哪里去的时候，尝试一下拒绝吧。

写尝试拒绝带来的好处。采用比喻、拟人的手法，兼以贴切词语，细致形象，生动传神。

你会惊讶地发觉自己从复杂的包装中清醒，唤起久已枯萎的童心，感叹我们每一个人都是自然之子。

拒绝犹如断臂，带有旧情不再的痛楚。

拒绝犹如狂飙突进，孕育天马行空的独行。

拒绝有时是一首挽歌，回荡袅袅的哀伤。

拒绝更是破釜沉舟的勇气，一种直面淋漓鲜血惨淡人生的气概。

拒绝也不可太多啊。假如什么都拒绝，就从根本上拒绝了每个人只有一次的辉煌生命。

智慧地勇敢地行使拒绝权。

这是我们每个人与生俱来的权利，这是我们意志之舟劈风斩浪的白帆。

> 总写拒绝，呼吁大家智慧勇敢地行使拒绝权。

赏析

本文行文汪洋恣肆，却处处围绕"行使拒绝权"。开篇就提出"拒绝是一种权利"，和"生存权"一样重要。拒绝在我们的生活和生命中如影随形，拒绝使我们丧失，使我们痛苦，使我们惧怕拒绝，但是不拒绝却是更大的麻烦和痛苦，所以拒绝是一种艺术，女人尤其需要行使拒绝权，尝试行使拒绝权，虽然会痛苦一时，但是我们自己的生活会清晰明朗，行使拒绝权，我们才能完成生命的辉煌。

作者善用排比，兼以比喻、拟人、对比，加之饱含浓烈感情色彩的词语，使文章气势恢宏，生动传神，增强了表达效果。文章逻辑严谨，条分缕析，从现象到本质，从拒绝什么到如何拒绝，理性，冷静，又不失热情。值得读者借鉴。

保持惊奇

惊奇，是天性的一种流露。

生命的第一瞬间就是惊奇。我们周围的世界，为什么由黑暗变得明朗？周围为什么由水变成了气？温度为什么由温暖变得清凉？外界的声音为何如此响亮？那个不断俯视我们亲吻我们的女人是谁？……

从此我们在惊奇中成长。

这个世界上，有多少值得惊奇的事情啊。苹果为什么落地，流星为什么下雨，人为什么兵戎相见，历史为什么世代相迭……

孩子大睁着纯洁的双眼，面对着未知的世界，不断地惊奇着，探索着，在惊奇中渐渐长大。

惊奇是幼稚的特权，惊奇是一张白纸。

但人是不可以总是惊奇着的。在生命的某一个时辰，你突然因为你的惊奇，遭逢尴尬与嘲笑。你惊奇地发现——惊奇在更多的时候，是稚弱的表现，是少见多怪的代名词，是一种原始蛮荒的状态。

对于我们这个崇尚见怪不怪其怪自败、尊重老练成熟的民族心理中，惊奇是如胎发一般的标志。

你想成功吗？你首先须成功地把自己的惊奇掩盖起来。

我们的辞典里，印着许多诸如"处变不惊""宠辱不惊"的词汇，使"不惊"镀着大将风度的金辉，

> 随着年龄的增长，"惊奇"会成为一个贬义词，为下文我们要掩盖"惊奇"埋下伏笔。

而"惊"则属于永久的贬义。

翻那辞典，后面更有了"惊慌失措""大惊失色""惊恐万分"的形容，"惊"堕落着，简直就是怯懦、退缩、畏葸的同义语了。

于是人们开始厌恶惊奇。你想做大事吗？一个必备的基本功，就是训练自己丧失惊奇。

你看到生活没有书本上描写得那样好，你不要惊奇。

你看到爱情远不是小说中那般纯洁，你不要惊奇。

你看到友谊根本不是故事中那般忠诚，你不要惊奇。

你看到日子绝不如想象中那般绚烂，你不要惊奇……

如果你惊奇了，你就违反了一条透明的规则，会遭到别人阳光下活暗影里的嘲笑：这个孩子还嫩着呢。

你在一次次碰壁后醒悟到：即使你对这个世界还一知半解，你还搞不清问题的全部，但有一点你现在就能做到——那就是——埋葬你的惊奇。

你看到丑恶，假装没有看到，依旧面不改色谈笑风生，人们就会送你人情练达的评价。你听到秽闻，仿佛在那一刻患了突发性耳聋，脸上毫无表情，人们会感觉你老于世故可以信赖。你被美丽美好美妙的景色感动，只可以默默地藏在心底，脸上切不可露出少见多怪的惊异，人们就会以为你少年老成，有大谋略大气魄，是可做将帅的优良材料。你碰到可歌可泣的人间至情，要把心肠练得硬如钻石，脸不变色心不跳，就算是真搅得肝肠寸断，只可夜晚躲在无人之处暗自咀嚼，切不可叫人觑了去，落得

作者引用辞典中若干含有"惊"字的成语，它们都含有贬义，这说明中华民族自古并不赞颂和推崇"惊奇"。

排比，列举孩子在成长过程中面对理想与现实之间存在着的巨大差距，起初充满"惊奇"，但在一次次的碰壁中，只能选择"埋葬惊奇"！天性的泯灭让人多么痛心！

个优柔寡断的恶名……

现代社会是一只飞速旋转的风火轮，把无数信息强行灌输给我们。见多不怪，我们的心灵渐渐在震颤中麻痹，更不消说有意识地掩饰我们的惊讶，会更猛烈地加速心灵粗糙。在纷繁的灯红酒绿和人为的打磨中，我们必将极快地丧失掉惊奇的本能。

于是我们看到太多矜持的面孔。我们遭遇无数微笑后面的冷淡。我们把惊奇视作一种性格缺憾，我们以为永不惊奇才是人生的至高境界。

细细分析起来，"惊奇"是由两部分组成的，先有了"惊"，其次才是"奇"，如果说"惊"属于一种对陌生事物认识局限的愕然，"奇"则是对未知事物积极探讨的萌芽了。

否认了"惊"，就扼杀了它的同胞兄弟。我们将在无意之中，失去众多丰富自己的机遇。

假如牛顿不惊奇，他也许就把那个包裹着真理的金苹果，吃到自己的小肚子里面去了。人类与伟大的万有引力相逢，也许还要迟很多年。

假如瓦特不惊奇，水壶盖扑扑响着，一个划时代的发现，就蒸发到厨房的空气中了。我们的蒸汽火车头，也许还要在牛车漫长的辙道里蹒跚亿万公里。

即使对普通人来说，掩盖惊奇，也易闹笑话。一位乡下朋友，第一次住进城里的宾馆。面对盥洗室里那些式样别致的洁具，他想不通人洗一个脸，何至于要如此麻烦。他不会使用这些物件，本来请教一下服务小姐，也就迎刃而解了。可是他不想暴露自己的惊奇，就用地上一个雪白的盛着半盆水的瓷器，洗了脸。后来才知道，那就是马桶。

> "矜持"一词形象写出人们丧失惊奇后的麻痹表情。"微笑"与"冷淡"形成对比，表明当初无数的惊奇是因无数的冷淡而泯灭的，更可怕的是人生观从此出现了偏差。

　　这当然是一个极端的例子了。我所以把它写在这里，绝无幸灾乐祸之意。现代社会令人眼花缭乱，每个人在某种意义上说，都是孤陋寡闻的。你在你的行业你是专家里手，在其他领域，完全可能是白痴。这不是羞愧的事情，坦率地流露惊奇，表示自己对这一方面的无知以及求知的探索，是一种可嘉的勇气。

　　我认识一位老人，一天兴致勃勃地同我探讨电脑的种种输入方法。他整整 82 岁了，肾脏功能已经衰竭，我坚信他这一辈子也不可能在电脑键盘上敲出一个字。他在自己的专业范畴里，是一位德高望重的长者，但对电脑的理解有很多谬误。就连我这个二把刀也听出了许多的破绽。但是老人家充满探索之光的惊奇的眼神，却在这一瞬像探照灯一样扫过我的灵魂。面对他青筋暴跳微微颤抖的手，我想，不知我这一生可否活得这样高寿？不论我生命的历程有多长，我一定要记得这目光炯炯的惊奇，学习他对世界的这份挚爱。绝不仅仅沉浸在熟悉的航道，始终保持对辽阔的探索，直到我最后一次呼吸。

　　惊奇是一种天然而不是制造出来的。它是真情实感的火花。一块滚圆的鹅卵石，便不再会惊讶江河的波涛。惊奇蕴涵着奋进的活力。

　　惊奇不仅仅是幼稚，惊奇不仅仅是无知，惊奇是在它们基础上的深化和挺进。

　　你既然惊奇了，你就要探索这奥妙。你既然惊奇了，你就不能仅仅止于惊奇。爱好惊奇的人，也需爱好将惊奇转化为平凡。消灭惊奇的过程，也就是学习的过程，惊奇在熟悉中淡化，才干在惊奇中

> 紧承前面名人案例与普通人事例，告诉人们：当我们面对陌生领域与未知世界时应该保持惊奇。

> 照应开头"惊奇，是一种天性的流露"，并深化了"惊奇"的意义："惊奇"是在幼稚与无知基础上的深化和挺进。

成长。

世界是没有止境的，惊奇也是没有止境的。惊奇是流动的水，它使我们的思想翻滚着，散发着清新，抗拒着腐烂。

在城市里待得久了，常常使我们丧失惊奇的本能。我们蟮一样滑行着，浑身粘满市侩的黏液。

将在城市里生活的人们比作浑身粘满市侩黏液的蟮，生动形象地描画出丧失惊奇的人们变得圆滑世故。

到自然中去，造化永远给我们以大惊喜。和寥廓的宇宙相比，个人的得失是怎样的微不足道啊。不要小看山水的洗涤，假如真正同天地对话，我们定会惊奇自己重新获得活力。

如果无法做到自然中去，就同与自己没有利害关系的从小的朋友，做一次促膝的谈心。利害关系这件事，实在是交友的大敌。我不相信有永久的利益，我更珍视患难与共的友谊。长留史册的，不是锱铢必较的利益，而是肝胆相照的情分。和朋友坦诚地交往，会使我们留存着对真情的敏感，会促使我们的眼睛抹去云翳，心境重新开朗，惊奇就在这清明的心境中，翩翩来临了。

抛开一切世俗杂念，切断一切利益关联，与朋友真诚交往，孩童时的那份惊奇会重返内心。

假如既没有自然可以依傍，又没有朋友可以信赖，真是人生的一大憾事。只有在静夜中同自己对话，回忆那些经历中最美好的片段，温习曾经使心灵震撼的镜头。它也许是很小的一朵旷野花，也许是冬天的一盏红灯笼，也许是苍茫的大漠暮色，也许是雄浑激荡的乐曲……总之，那就是独属于你的一份秘密，只有你才知道它对于你的惊奇的意义。古语说：学而时习之，不亦说乎。复习以往我们情感中最精彩的片段，常常会使我们整旧如新。

运用排比，列举记忆中精彩的片段，也能让我们有惊奇与欢喜。

保持惊奇，我常常这样对自己说。它是一眼永不干涸的温泉，会有汩汩的对于世界的热爱，蒸腾而起，滋润着我们的心灵。因为社会和生活、工作的需要，让我们变得越来越练达，处事也越来越圆滑。也越来越多的隐藏了真我。我不知这是好事儿还是不好的事儿，或许这根本无关好坏，只是现实的一种需要和改变，但我知道这个社会让我很多时候都处在无奈中……即便如此我们也不能停顿……

> 运用比喻，将"惊奇"比作"一眼永不干涸的温泉"，生动形象地写出保持惊奇对我们多么重要，也表达了对现实的几分无奈。

赏析

本文围绕着一个主题进行论述。从孩子在惊奇中成长，孩子在成长中埋葬惊奇，人类在惊奇中飞速发展，世界因惊奇而美丽，保持惊奇意义深远等多个方面阐述观点，紧扣"我们要保持惊奇"的中心论点。

本文使用了多种论证方法，例如，运用正反对比论证方法，将初生孩童的惊奇与成人世界的老于世故进行对比，有力地讽刺了埋葬惊奇后的种种丑陋现象。又如，运用举例论证，举牛顿发现万有引力定律，举瓦特发明蒸汽机的事例，举乡下朋友进城用马桶洗脸的事例，举年老体衰的老人探讨电脑输入法的事例……这些事例，有名人的，有普通人的，有身边朋友的，角度多，增强了说服力与可信度。再如，运用比喻论证，将现代社会比作飞速旋转的风火轮，生动形象地写出现代社会是一个信息化的时代；将惊奇比作流动的水，生动形象地写出"保持惊奇"就能让我们的思想永不落后；将在城市里生活的人们比作浑身粘满市侩黏液的蜗，生动形象地描画出丧失惊奇的人们变得圆滑世故。

本文运用了大量的排比句，罗列了众多保持惊奇和丧失惊奇的现象，增强了文章气势。同时，以段落短小见长，有的句子甚至单独成段，深化了文章的内容与情感。

常常爱惜

拾起一穗遗落在秋天的麦芒时，我们心中会涌起一种情感……

当水龙头正酝酿着滴落一颗椭圆形的水珠，一只手紧紧拧住闸门时，我们心中会涌起一种情感……

当凝望宝蓝的天空因为浓雾而浑浑噩噩时，我们心中涌起一种情感……

当注视到一个正义的人无力捍卫自己的尊严，孤苦无助的时候，我们心中会涌起一种情感……

人类将这种痛而波动的感觉命名为——爱惜。

我们读这两个字的时候，通常要放低了声音，徐徐地从肺腑最温柔的孔腔吐出，怕惊碎了这薄而透明的温情。

爱惜的大前提是，爱。爱是人类一种最珍惜的体验，它发展于深刻的本能和绵绵的眷恋。爱先于任何其他情感，轻轻沁入婴儿小而玲珑的心灵。爱那给予生命的母亲，爱那清冷的空气和滑润的乳汁。爱温暖的太阳和柔和的抚爱，爱飞舞的光影和若隐若现的乐声……

爱惜的土壤是喜欢。当我们喜欢某种东西的时候，就期待他的长久和广大，忧郁他的衰减和短暂。当我们对喜爱之物怀有难以把握的忧虑时，吝啬是一个常会首选的对策。我们会俭省珍贵的资源，我

> "徐徐地""最温柔""怕惊碎"等词准确表达敬畏、珍爱、担心的情感。用"薄而透明"修饰"温情"，把无形的温情形象化："薄"表明"爱惜"这种情感易受伤害，"透明"揭示了这种情感的纯洁。

们会珍爱不可重复的时光，我们会制造机会以期重享愉悦，我们会细水长流反复咀嚼快乐。

于是，爱惜就在不知不觉中发生了。

当我们爱惜的时候，保护的勇气和奋斗的果敢也同时滋生。真爱，需用生命护卫。真爱，就会义无反顾。没有保护的爱惜，是一朵无芯鲜花，可以艳丽，却断无果实。没有爱惜的保护，是粗粝和逼人的威迫，是强权而不是心心相印。

> 运用比喻，将"喜欢"比作"爱惜的土壤"。因为"喜欢"，所以忧虑、吝啬，乃至俭省、爱惜。后面一组排比句，形象写出人们"喜欢"某种东西的表现。

爱惜常常发生。在我们不经意的时候打湿眼帘。

爱惜好比一只竹篮。随着人类的进步，它越编越大了，盛着人自身，盛着绿色，盛着地球上所有的物种，盛着天空和海洋。

赏析

"爱惜"本是一种痛而波动的感觉，是较为抽象的概念，但作者用生动的语言将它形象化、具体化了。开篇用一组排比，具体描绘爱惜的多种情景，用"薄而透明"修饰"爱惜"，表明"爱惜"这种情感十分纯洁，易受伤害。在具体阐明"爱惜"的特点时，将"喜欢"比作"爱惜的土壤"。"喜欢"是人们熟知的情感，因为"喜欢"，所以渴望拥有；因为"喜欢"，所以吝啬，所以就有珍惜资源，珍爱时光，制造机会重温愉悦，细水长流咀嚼快乐等种种表现。在作者逐层深入中，"爱惜"的概念明朗了，清晰了。最后，作者点明题旨：希望我们常常爱惜，爱惜自然，爱惜一切物种，让世界充满爱，让人与自然和谐共处！

全文篇幅短小，语言优美，立意深远！

珍惜愤怒

小时候看电影，虎门销烟的英雄林则徐在官邸里贴一条幅"制怒"。由此知道怒是一种凶恶而丑陋的东西，需要时时去制服它。

长大后当了医生，更视怒为健康的大敌。师传我，我授人；怒而伤肝，怒较之烟酒对人为害更烈。人怒时，可使心跳加快，血压升高，瞳孔散大，寒毛竖紧……一如人们猝然间遇到老虎时的反应。

怒与长寿，好像是一架跷跷板的两端，非此即彼。人们渴望强健，人们丁是憎恶愤怒。

我愿以我生命的一部分为代价，换取永远珍惜愤怒的权利。

愤怒是人的正常情感之一，没有愤怒的人生，是一种残缺。当你的尊严被践踏，当你的信仰被玷污，当你的家园被侵占，当你的亲人被残害，你难道不滋生出火焰一样的愤怒吗？当你面对丑恶面对污秽，面对人类品质中最阴暗的角落，面对黑夜里横行的鬼魅，你难道能压抑住喷薄而出的愤怒吗？！

愤怒是我们生活中的盐。当高度的物质文明像软绵绵的糖一样簇拥着我们的时候，现代人的意志像被泡酸了的牙一般软弱。小悲小喜缠绕着我们，我们便有了太多的忧郁。城市人的意志脱了钙，越来越少倒拔垂杨柳强硬似铁怒目金刚式的

> 阐述人们为什么对"愤怒"有着与生俱来的敌视。通过分析愤怒与长寿的关系，强调了愤怒的危害性。

愤怒，越来越少见幽深似海水波不兴却孕育极大张力的愤怒。

　　没有愤怒的生活是一种悲哀。犹如跳跃的鹿丧失了迅速奔跑的能力，犹如敏捷的灵猫被剪掉胡须。当人对一切都无动于衷，当人首先戒掉了愤怒，随后再戒掉属于正常人的所有情感之后，人就在活着的时候走向了永恒——那就是死亡。

比喻，生动形象地写出了现代人在物质文明的今天内心的柔弱与忧郁，缺乏斗志。

　　我常常冷静地观察他人的愤怒，我常常无情地剖析自己的愤怒，愤怒给我最深切的感受是真实，它赤裸而新鲜，仿佛那颗勃然跳动的心脏。

　　喜可以伪装，愁可以伪装，快乐可以加以粉饰，孤独忧郁能够掺进水分，唯有愤怒是十足成色的赤金。它是石与铁撞击一瞬痛苦的火花，是以人的生命力为代价锻造出的双刃利剑。

　　喜更像是一种获得，一种他人的馈赠。愁则是一枚独自咀嚼的青橄榄，苦涩之外别有滋味。唯有愤怒，那是不计后果不顾代价无所顾忌的坦荡的付出。在你极度愤怒的刹那，犹如裂空而出横无际涯的闪电，赤裸裸地裸露了你最隐秘的内心。于是，你想认识一个人，你就去看他的愤怒吧！

把"愤怒"与"喜""愁"进行对比，突出强调了愤怒较之于人的其他情感的独特之处。

　　愤怒出诗人，愤怒也出统帅，出伟人，出大师，愤怒驱动我们平平常常的人做出辉煌的业绩。只要不丧失理智，愤怒便充满活力。

　　怒是制不服的，犹如那些最优秀的野马，迄今没有任何骑手可以驾驭它们。愤怒是人生情感之河奔泻而下的壮丽瀑布，愤怒是人生命运之曲抑扬起伏的高亢音符。

　　珍惜愤怒，保持愤怒吧！愤怒可以使我们年轻。

纵使在愤怒中猝然倒下，也是一种生命的壮美。

赏析

文章先以林则徐和医生为例，说明愤怒一则妨碍处世，二则有害健康。摆出愤怒的这些消极作用后，作者马上笔锋一转，提出了要"珍惜愤怒"这一观点，令人为之一震，让人耳目一新，颇多感慨。

作者阐述了"珍惜愤怒"的三条理由：一是愤怒是人的正常情感之一，人生不能没有它；二是在各种情感中，惟有愤怒最真实；三是因愤怒可以做出辉煌业绩。这三点专讲愤怒的积极意义，真是切中时弊，道人所未道，发人所未发，新颖独特。

全文激情喷涌，评议犀利，加上善用比喻，妙语连珠，警句迭出，读来令人有痛快淋漓之感。

疲 倦

疲倦是现代人越来越常见的一种生存状态，在我们的周围，随便看一眼吧，有多少垂头丧气的儿童？萎靡不振的青年？疲惫已极的中年？落落寡合的老年？……人们广泛而漠然地疲倦了。很多人已见怪不怪，以为疲倦是正常的了。

有一次，我把一条旧呢裤送到街上的洗染店。师傅看了以后，说，我会尽力洗熨的。但是，你的裤子，这一回穿得太久了，恐怕膝盖前面的鼓包是没法熨平了。它疲倦了。

我吃惊地说，裤子——它居然也会疲倦？

师傅说，是啊。不但呢子会疲倦，羊绒衫也会疲倦的，所以，穿过几天之后，你要脱下晾晾它，让毛衫有一个喘气的机会。皮鞋也会疲倦的，你要几双倒换着上脚，这样才可延长皮子的寿命……

我半信半疑，心想，莫不是该师傅太热爱他所从事的工作了，才这般体恤手下无生命的衣料。

又一次，我在一家工厂，看到一种特别的合金，如同诌媚的叛臣，能折弯无数次，韧度不减。我说，天下无双了。总工程师摇摇头道，它有一个强大的对手。

我好奇，谁？

总工程师说，就是它自己的疲劳。

我讶然，金属也会疲劳啊？

总工程师说，是啊。这种内伤，除了预防，无药可医。如果不在它的疲劳限度之前，让它休息，那么，它会突然断裂，引发灾难。

那一瞬，我知道了疲倦的厉害。钢打铁铸的金属尚且如此，遑论肉胎凡身！

疲倦发生的时候，如同一种会流淌的灰暗，在皮肤表面蔓延，使人整个地困顿和蜷缩起来。如果不加克服和调整，黏滞的不适，便如寒露一般，侵袭到身体的底层。我们了无热情，心灰意懒。我们不再关注春天何时萌动，秋天何时飘零。我们迷茫地看着孩子微笑，不知道他们为何快乐。我们不爱惜自己了，觉察不到自己的珍贵。我们不热爱他人了，因为他人是使我们厌烦的源头。我们麻木困惑，每天的太阳都是旧的。阳光已不再播洒温暖，只是射出逼人的光线。我们得过且过地敷衍着工作，因为它已不是创造性思维的动力。

疲倦是一种淡淡的腐蚀剂，当它无色无臭地积聚着，潜移默化地浸泡着我们的神经，意志的酥软就发生了。

在身体疲倦的背后，是精神率先疲倦了。我们丧失了好奇心，不再如饥似渴地求知，生活纳入尘封的模式。甚至婚姻，也会疲倦，它刻板地重复着，没有新意，没有发展。爱情的弹性老化了，像一只很久没有充气的球，表皮皲裂，塌陷着，摔到地上，"噗噗"地发出充满怨恨的声音，却再不会轻盈地跳起，奔跑着向前。

疲倦到了极点的时候，人会完全感觉不到生命和

衣料、金属都会疲倦，而得出肉身的疲倦无可避免的结论。感叹号的运用，让人有醍醐灌顶、恍然大悟之感。

刻画疲倦，用"会流淌的灰暗"比喻，用"如寒露一般，侵袭到身体的底层"通感，用"我们……我们……我们……"的句式排比，多角度、入骨三分地描绘出疲倦的种种表象。

最为传神的就是用"没有充气的球"比喻婚姻的疲倦，"表皮皲裂"是视觉的形象比喻，"噗噗地发出充满怨恨的声音"是听觉的贴切刻画，形神兼备。

生活的乐趣，所有的感官都在感受苦难，于是它们就保护性地不约而同地封闭了。我们便被闭锁在一个狭小的茧里，呼吸窘迫，四肢蜷曲，渐渐逼近窒息了。

疲倦的可怕，还在于它的传染性。一个人疲倦了，他就变成一炷迷香，在人群中持久地散布着疲倦的细微颗粒。他低落地徘徊着，拖抑着整体的步伐。当我们的周围生活着一个疲倦的人，就像有一个饿着肚子的人，无声地要求着我们把自己精神的谷粒，拨一些到他的空碗中。不过，如果我们这样做了之后，才发觉不但没有使他振作起来，自身也莫名其妙地削弱了。

身体的疲倦，转而加剧着精神的苦闷。

变更太频繁了，信息太繁复了，刺激太猛烈了，扰动太浩大了，强度太凶，频率太高……即使是喜悦和财富吧，如果没有清醒的节制，铺天盖地而来，也会使我们在震惊之后深刻地疲倦了。

当疲倦发生的时候，我们怎么办呢？

看看大自然如何应对疲倦吧。春天的花开得疲倦的时候，它们就悄然地撤离枝头，放弃了美丽，留下了小小的果实。当风疲倦的时候，它就停止了荡涤，让大地恢复平静。当海浪疲倦的时候，洋面就丝绸般的安宁了。当天空疲倦的时候，它就用月亮替换太阳……

人们没有自然界高明。不信，你看。当道路疲倦的时候，就塞车。当办公室疲倦的时候，就推诿和没有效率。当组织者疲倦的时候，就出现混乱和不公。当社会疲倦的时候，就出现冷漠和麻木……

这两段采用对比写法，得出结论：在应对疲倦上，人类不如大自然高明，应该向大自然学习。

疲倦对我们的伤害，需要平心静气地休养生息。

让目光重新敏锐，让步伐恢复轻捷，让天性生长快乐，让手足温暖有力。耳朵能够捕捉到蜻蜓的呼吸，发梢能够感受到阳光的抚摸，微笑能如鲜橙般耀眼，眼泪能如菩提般仁慈……

疲倦是可以战胜的，法宝就是珍爱我们自己。疲倦是可以化险为夷的，战术就是宁静致远。疲倦考验着我们，折磨着我们。疲倦也锤炼着我们，升华着我们。

赏析

文章从不同年龄人的疲倦表现、衣料的疲倦写到金属的疲倦，得出疲倦在现代生活中的不可避免的结论，并贴切细腻地写出了身体和精神的疲倦的种种表现和危害。继而笔锋一转，大胆提出人类应该借鉴大自然应对疲倦的方式——珍爱自己、宁静致远。结尾处，升华了主题，让人读后受益匪浅。

感动是一种能力

感动在词典上的意思是——"思想感情受外界事物的影响而激动，引得同情或向慕。"虽然我对这本辞典抱有崇高的敬意，依然认为这种说法不够精准，甚至有点词不达意。难道感动是如此狭窄，只能将我们引向同情或是向慕的小道吗？这对"感动"来说，似乎不全面、不公平吧？感动比这要丰饶得多，辽阔得多，深邃得多啊。

感动最望文生义最平直的解释就是——感情动起来了。你的眼睛会蒸腾出温热的霞光，你的听觉会察觉远古的微响，你的内心像有一只毛茸茸的小松鼠越过，它纤细而奔跑的影子惊扰你思维的树叶久久还在曳动。你的手会不由自主地出汗，好像无意中拣到了天堂的房卡，你的足弓会轻轻地弹起，似乎想如赤脚的祖先一般迅跑在高原……

感动的来源是我们的感官，眼耳鼻舌身加上触觉和压觉。如果封闭了我们的感官，就戕杀了感动的根，当然也就看不到感动的芽和感动的果了。感官是一群懒惰的小精灵，同样的事物经历得多了，感官就麻痹松懈了。现代社会五光十色瞬息万变，感官更像被塞进太多脂肪的孩子，变得厌食和疲沓。如今人渐渐丧失了感动的能力，感动闪现的瞬间越来越短，感动扩散的涟漪越来越淡。

从"感动"一词的词典意义说起，反问、设问句的运用，既引起读者的思考，又引出下文。

因为稀缺，感动变成了奢侈品。很多人无法享受感动力，于是他们反过来讥讽感动，诮笑感动，把感动和理性对立起来，将感动打入盲目和幼稚的泥沼之中。

感动是一种幸福。在物欲横流的尘垢中，顽强闪现着钻石的瑰彩。当我们为古树下的一株小草决不自惭形秽，而是昂首挺胸成长而感动的时刻，其实我们想到的是人的尊严。我上小学的时候，在一次考试中，得到了有生以来最差的分数。万念俱灰之时，我看到一只蜘蛛锲而不舍地在织补它残破的网。它已经失败了三次，一次是因为风，一次是因为比它的网要凶猛百倍的鸟，第三次是因为我恶作剧的手。蜘蛛把它的破坏者感动了，风改了道，鸟儿不再飞过，我把百无聊赖的手握成了拳。我知道自己可以如同它那样，用努力和坚韧弥补天灾人祸，重新纺出梦想。我也曾在藏北雪原仰望浩渺星空而泪流满面，一种博大的感动类似天毯，自九天而下裹挟全身。银河如此浩瀚，在我浅淡生命之前无数年代，它们就已存在，在我生命之后无数年代，它们也依然存在。那么，我的存在又有什么意义呢？在这个惶然的瞬间，我被存在而感动，决心要对得起这稍纵即逝的生命。

我喜欢常常感动的女人，不论那感动我们的起因，是一瓣花还是一滴水，是一个旋动的笑颜还是一缕苍老的白发，是一本举足轻重的证书还是片言只语的旧笺……引发感动的导火索，也许举不胜举，可以有形，也可以是无所不在的氛围和若隐若现的天籁。感动可以骑着任何颜色的羽毛，在清晨或是深夜，不打招呼地就进入了心灵的客厅，在那里和我们的灵魂倾谈。

　　珍惜我们的感动，就是珍惜了生命的零件。在感动中我们耳濡目染，不由自主地逼近那些曾经感动过我们的灵魂。也许有一天，我们也在无意间成了感动的小小源头，淙淙地流向了另一个渴望感动的双眸。

由"我喜欢常常感动的女人"，引出"珍惜我们的感动"，内容上点明中心、深化主旨，结构上，收束全文。

赏析

　　本文通篇为了说明"感动是一种能力"的观点。作者首先从"感动"一词的解释说起，并以"感动，就是感情动起来"警醒读者，然后分析如今人们"渐渐丧失了感动的能力"的原因，接着阐述"感动是一种幸福"的观点，最后以"珍惜我们的感动"作结，希望我们在感动中"耳濡目染，不由自主地逼近那些曾经感动过我们的灵魂"。文章结合生活现象议论说理，深刻透彻，触动读者的内心，启人深思。

第三辑

青春无所畏惧

失却四肢的泳者

点出了主要人物泳者的形象特点，失去四肢。读者不由得要问，失去四肢怎么能够游泳呢？制造了悬念，引起读者的阅读兴趣。

一位外国女孩给我讲了这样一个故事。

举办残障人运动会，报名的时候，来了一个失却双腿的人，说，我要参加游泳比赛。登记小姐很小心地询问，您在水里将怎样游呢？失却双腿的人说，我会用双手游泳。

又来了一个失却双臂的人，也要报名参加游泳比赛。小姐问，您将如何游呢？失却双臂的人说，我会用双脚游泳。

小姐刚给他们登记完，又来了一个既没有双腿也没有双臂，也就是说，整个失却四肢的人，也要报名参加游泳比赛。小姐竭力保持镇静，小声问，您将怎样游泳？那人笑嘻嘻地答道：我将用耳朵游泳。

比喻，把失去四肢的人的躯体比作梭，试游的样子比作鱼雷出舱，生动形象写出了泳者的身体优势和他的游泳速度飞快。

他失却四肢的躯体好似圆滚滚的梭。由于长久的努力，他的耳朵硕大而强健，能十分灵活地扑动向前。下水试游，如同一枚鱼雷出舱，速度比常人还快。于是，知道底细的人们暗暗传说，一个伟大的世界纪录即将诞生。

正式比赛那天，人山人海。当失却四肢的人出现在跳台上的时候，简直山呼海啸。发令枪响了，运动员扑通扑通入水。一道道白箭推进，浪花迸溅，竟令人一时看不清英雄的所在。比赛的结果出来了，冠军是失却双臂的人，亚军是失却双腿的人，季军是……

英雄呢？没有人看到英雄在哪里，起码是在终点线的附近找不着英雄独特的身姿。真奇怪，大家分明看到失却四肢的游泳者跳进水里了啊！

于是更多的人开始寻找，终于在起点附近摸到了英雄。他沉入水底，已经淹死了。在他的头上，戴着一顶鲜艳的游泳帽，遮住了耳朵。那是根据泳场规则，在比赛前由一位美丽的姑娘给他戴上的。

我曾把这故事讲给旁人听。听完之后的反应，形形色色。

有人说，那是一个阴谋。可能是哪个想夺冠军的人出的损招，扼杀别人才能保住自己。

有人说，那个来送泳帽的人，如果不是一个漂亮的女孩子就好了，泳者就不会神魂颠倒。就算全世界的人都忘记了他的耳朵的功能，他也会保持清醒，拒绝戴那顶美丽却杀人的帽子。

有人说，既然没了手和脚，就该安守本分，游什么泳呢？要知道水火无情，孤注一掷的时候，风险随时会将你吞没。

有人说，为什么要有这么个混账的规则，游泳帽有什么作用？各行各业都有这种教条的规矩，不知害了多少人才，种种陋习何时才会终结？

我把这些议论告诉女孩。她说，干吗都是负面？这是一个笑话啊，虽然有一点儿深沉。当我们完整的时候，奋斗比较容易。当我们没有手的时候，我们可以用脚奋斗。当我们没有脚的时候，我们可以

最有实力的泳者，却在起点淹死。与之前我们对他可以获得冠军的期待形成鲜明的对比，不禁令人思索原因。看上去很美的东西，往往成为更大的限制、陷阱。

用手奋斗。当我们手和脚都没有的时候，我们可以用耳朵奋斗。

但是，即使在这时，我们依然有失败甚至完全毁灭的可能。很多英雄，在战胜了常人难以想象的艰难困苦后并没有得到最后的成功。

凶手正是自己的耳朵——你最值得骄傲的本领。

暗示主旨，俗语小河沟里翻大船。成语也有"功败垂成"。很多时候，我们不是跌倒在自己的缺陷上，而往往跌倒在优势上。

赏析

小故事往往传达出大道理。本文独特的地方在于，每个人对于故事的理解有所不同。这些人不仅是讲故事的人，而且包括听故事的人和看文章的人。不同的读者的参与让这样的文章含义更加丰富，这本身就是很有意思的一种写法。本文蕴含的道理，作者在结尾处点明是警惕自己的优势。但在不同的读者读来，泳者的之所以被淹死，是被漂亮女孩所添加的荣誉蒙蔽，或是被自己的骄傲打败。也可以理解为身处逆境、险境，我们要小心谨慎，全力以赴；身处顺境、坦途，更要保持冷静，奋力拼搏，不被荣誉冲昏头脑，保持坚强。

写作时，可以借鉴同一事物，不同人，不同角度去看这样的行文结构。

我在寻找那片野花

题目有象征意义，野花象征生活中的美好事物。

一位女友，告诉我这样一件事。

上小学的时候，班上有个女同学，叫作荞，家境贫寒，每学期都免交学杂费的。她衣着破烂，夏天总穿短裤，是捡哥哥剩下的。我和她同期加入少先队。那时候，入队仪式很庄重。新发展的同学面向台下观众，先站成一排，当然脖子上光秃秃的，此刻还未被吸收入组织嘛。然后一排老队员走上来，和非队员一对一地站好。这时响起令人心跳的进行曲，校长或是请来的英模——总之是德高望重的长辈，口中念念有词，说着"红领巾是红旗的一角，是用烈士的鲜血染成"等教诲，把一条条新的红领巾发到老队员手中，再由老队员把这一鲜艳的标志物，绕到新队员的脖子上，亲手挽好结，然后互敬队礼，宣告大家都是队友啦!隆重的仪式才算完成。

新队员的红领巾，是提前交了钱买下的。荞说她没有钱。辅导员说，那怎么办呢？荞说，哥哥已超龄退队，她可用哥哥的旧领巾。于是那天授巾的仪式，就有一点特别。当辅导员用托盘把新领巾呈到领导手中的时候，低低说了一句。同学们虽听不清是什么，但能猜出来——那是提醒领导，轮到荞的时候，记得把托盘里的那条旧领巾分给她。

满盘的新领巾好似一塘金红的鲤鱼，支棱着翅角。旧领巾软绵绵地卧着，仿佛混入的灰鲫，落寂孤独。那天来的领导，可能老了，不曾听清这句格外的交代，也许他根本没想到还有这等复杂的事。总之，他一一发放领巾，走到荞的面前，随手把一条新领巾分给了她。我看到荞好像被人砸了一下头顶，身体矮了下去。灿如火苗的红领巾环着她的脖子，也无法映暖她苍白的脸庞。

那个交了新红领巾的钱，却分到一条旧红领巾的女孩，委屈至极。当场不好发作，刚一散会，就怒气冲冲地跑到荞跟前，一把扯住荞的红领巾说，这是我的!你还给我!

领巾是一个活结，被女孩拽住一股猛挣，就系死了，好似一条绞索，把荞勒得眼珠凸起，喘不过气来。

大伙扑上拉开她俩。荞满眼都是泪花，窒得直咳嗽。

那个抢领巾的女孩自知理亏，嘟囔着，本来就是我的嘛!谁要你的破红领巾!说着，女孩把荞哥哥的旧领巾一把扯下，丢到荞身上，补了一句——我们的红领巾都是烈士用鲜血染的，你的这条红色这么淡，是用刷牙出的血染的。

经她这么一说，我们更觉得荞的那条领巾旧得凄凉。风雨洗过，阳光晒过，消了颜色，布丝已褪为浅粉。铺在脖子后方的三角顶端部分，几成白色。耷拉在胸前的两个角，因为摩挲和洗涤，絮毛纷披，好似炸开的锅刷头。

我们都为荞不平，觉得那女孩太霸道了。荞一声未吭，把新领巾折得齐整整，还了它的主人。把旧领巾端端系好，默默地走了。

后来我问荞，她那样对你，你就不伤心吗？荞说，谁都想要新领巾啊，我能想通。只是她说我的红领巾，是用刷牙出的血染的，我不服。我的红领巾原来也是鲜红的，哥哥从九岁戴到十五岁，时间很久了。真正的血，也会褪色的。我试过了。

我吓了一跳。心想，她该不是自己挤出一点血，涂在布上，做过什么试验吧？我没敢问，怕得到一个肯定的答复。

毕业的时候，荞的成绩很好，可以上重点中学。但因为家境艰难，只考了一所技工学校，以期早早分担父母的窘困。

在现今的社会里，如果没有意外的变故，接受良好的教育，是从较低阶层进入较高阶层的——不说是唯一，也是最基本的孔道。荞在很小的时候，就放弃了这种可能。她也不是具国色天香的女孩，没有王子骑了白马来会她。所以，荞以后的路，就一直在贫困的底层挣扎。

我们这些同学，已近了知天命的岁月。在经历了种种的人生，尘埃落定之后，屡屡举行聚会，忆旧兼互通联络。荞很少参加，只说是忙。于是那个当年扯她领巾的女子说，荞可能是混得不如人，不好意思见老同学了。

荞是一家印刷厂的女工。早几年，厂子还开工时，她送过我一本交通地图。说是厂里总是印账簿一类的东西，一般人用不上的。碰上一回印地图，她赶紧给我留了一册，想我有时外出，或许会用得着。

说真的，正因为常常外出，各式地图我很齐备。但我还是非常高兴地收下了她的馈赠。我知道，这是她能拿得出的最好的礼物了。

一次聚会，荞终于来了。她所在的工厂宣布破产。她成了下岗女工。她的丈夫出了车祸，抢救后性命虽无碍，但伤了腿，从此吃不得重力。儿子得了肝炎休学，需要静养和高蛋白。她在几地连做小时工，十分奔波辛苦。这次刚好到这边打工，于是抽空和老同学见见面。

我们都不知说什么好，只是紧握着她的手。她的掌上有很多毛刺，好像一把尼龙丝板刷。

半小时后，荞要走了。同学们推我送送她。我打了一辆车，送她去干活的地方。本想在车上，多问问她的近况，又怕伤了她的尊严。正斟酌为难时，她突然叫起来——你看！你快看！

窗外是城乡交界部的建筑工地，尘土纷扬，杂草丛生，毫无风景。我不解地问，你要我看什么呢？

荞很开心地说，我要你看路边的那一片野花啊。每天我从这里过的时候，都要寻找它们。我知道它们哪天张开叶子，哪天抽出花茎，在哪天早晨，突然就开了……我每天都向它们问好呢！

我一眼看去，野花已风驰电掣地闪走了，不知是橙是蓝。看到的只是荞的脸，憔悴之中有了花一样的神采。于是，我那颗久久悬起的心，稳稳地落下了。我不再问她任何具体的事情，彼此已是相知。人的一生，谁知有多少艰涩在等着我们？但荞经历了重重风雨之后，还在寻找一片不知名的野花，问候着它们。我知道在她心中，还贮备着丰足的力量

比喻，把荞多毛刺的手比作一把尼龙丝板刷，形象地写出了荞为生活辛苦奔波劳碌留下的痕迹，突出了她生活艰辛不易。

荞能在生活的泥淖中发现美好事物，这是荞内心对美好的向往。

和充沛的爱，足以抵抗征程的霜雪和苦难。

　　此后我外出的时候，总带着荞送我的地图册。朋友这样结束了她的故事。

> 结尾照应前文荞送我地图事件。荞送的地图能够带给人积极向上的力量，来抵御人生的艰涩。

赏析

　　本文可以作为写人文章的范例。

　　文章分两个阶段叙述荞的故事。儿时的荞因为家庭困难夏天穿哥哥剩下的短裤，可以看出她艰苦朴素；与女孩因红领巾发生误会却不怪女孩，反而理解女孩的做法，可以看出荞心地善良，宽容大度；为分担父母的困难，成绩很好却考技工学校，可以看出荞体谅父母。长大后，荞成为下岗工人，为了儿子和丈夫在几地连做小时工可以看出她任劳任怨；每天路过一片野花都要看它们，可以看出荞骨子里的乐观坚强。这样的苦难并不能摧毁一个精神高贵的人。荞经历了重重风雨之后，还贮备着丰足的力量和充沛的爱，这就是人身上宝贵的韧性。

　　本文在事件中刻画人物，能够通过不同事件反映出人物的性格特征，难能可贵的是，这些特点在不同的阶段的事件中一以贯之，并共同指向一个坚韧的性格内核。

泥沙俱下地生活

有年轻人问，对生活，你有没有产生过厌倦的情绪？

说心里话，我是一个从本质上对生命持悲观态度的人，但对生活，基本上没产生过厌倦情绪。这好像是矛盾的两极，骨子里其实相通。也许因为青年时代，在对世界的感知还混混沌沌的时候，我就毫无准备地抵达了海拔五千米的藏北高原。猝不及防中，灵魂经历了大的恐惧、大的悲哀。平定之后，也就有了对一般厌倦的定力。面对穷凶极恶的高寒缺氧、无穷无尽的冰川雪岭，你无法抗拒人是多么渺小、生命是多么孤单这副铁枷。你有一千种可能性会死，比如雪崩，比如坠崖，比如高原肺水肿，比如急性心力衰竭，比如战死疆场，比如车祸枪伤……但你却在苦难的夹缝当中，仍然完整地活着。而且，只要你不打算立即结束自己，就得继续活下去。愁云惨淡畏畏缩缩的是活，昂扬快乐兴致勃勃的也是活。我盘算了一下，权衡利弊，觉得还是取后种活法比较适宜。不单是自我感觉稍愉快，而且让他人（起码是父母）也较为安宁。就像得过了剧烈的水痘，对类似的疾病就有了抗体，从那以后，一般的颓丧就无法击倒我了。我明白日常生活的核心，其实是如何善待每人仅此一次的生命。如果你珍惜生命，就不必因为小的苦恼而厌倦生活。因为泥沙俱下并不完美的生活，正是组成宝贵生命的原材料。

他又问，你对自己的才能有没有过怀疑或是绝望？

我是一个"泛才能论"者，即认为每个人都必有自己独特的才能，赞成李白所说的"天生我材必有用"。只是这才能到底是什么，没人事先向我们交底，大家都蒙在鼓里。本人不一定清楚，家人朋友也未必明晰，全靠仔细寻找加上运气。有的人可能一下子就找到了；有的人费时一世一生；还有的人，干脆终生在暗中摸索，不得所终。飞速发展的现代科技，为我们提供了越来越多施展才能的领域。例如，爱好音乐，爱好写作……都是比较传统的项目，热爱电脑，热爱基因工程……则是近若干年才开发出来的新领域。有时想，擅长操纵计算机的才能，以前必定悄悄存在着，但世上没这物件时，具有此类本领潜质的人，只好委屈地干着别的行当。他若是去学画画，技巧不一定高，就痛苦万分，觉得自己不成才。比尔·盖茨先生若是生长在唐朝，整个就算瞎了一代英雄。所以，寻找才能是一项相当艰巨重大的工程，切莫等闲视之。

人们通常把爱好当作才能，一般说来，两相符合的概率很高，但并不像克隆羊那样惟妙惟肖。爱好这个东西，有时候很能迷惑人。一门心思凭它引路，也会害人不浅。有时你爱的恰好是你所不具备特长的东西，就像病人热爱健康、矮个儿渴望长高一样。因为不具备，所以，就更爱得痴迷，九死不悔。我判断人对自己的才能，产生深度的怀疑以至

> 人生在经历了大风大浪后，才知道生活本真恰恰在于寻常的"泥沙俱下"之处，即小的苦恼相伴人生才会完美。

> 人人皆有独特的才能，关键是我们能不能寻找到它，这还需要一定的时运。

绝望，多半产生于这种"爱好不当"的旋涡之中。因此，在大的怀疑和绝望之前，不妨先静下心来，冷静客观地分析一下，考察一下自己的才能，真正投影于何方。评估关头，最好先安稳地睡一觉，半夜时分醒来，万籁俱寂时，摈弃世俗和金钱的阴影，纯粹从人的天性出发，充满快乐地想一想。

为什么一定要强调充满快乐地去想呢？我以为，真正令才能充分发育的土壤，应该同时是我们分泌快乐的源泉。

他的最后一个问题是，你是怎样度过人生的低潮期的？

安静地等待。好好睡觉，像一只冬眠的熊。锻炼身体，坚信无论是承受更深的低潮或是迎接高潮，好的体魄都用得着。和知心的朋友谈天，基本上不发牢骚，主要是回忆快乐的时光。多读书，看一些传记。一来增长知识，顺带还可瞧瞧别人倒霉的时候是怎么挺过去的。趁机做家务，把平时忙碌顾不上的活儿都抓紧此时干完。

> 由厌倦到思考如何度过，暗示着提问者的心境发生了层次性的变化，即由不敢面对，到思考如何面对人生的低潮。

> 无论是安静的等待，还是锻炼身体、谈天读书，都是在告诉我们，人生低潮时，恰恰是我们积蓄能量的时候，蓄势待发的时候，如此我们才能做好充足的准备迎接高潮。

赏析

文章结构清晰，以问答的形式，层层深入的说理令人印象深刻。先解决对生活的厌倦心态，告诉人们生活的真谛；然后谈认知自己的才能进而去把握生活；再谈如何寻找自己的才能；当我们认知生活和自己后，最后再告诉我们，我们应该如何处理人生的起伏。

作者的很多观点充满了自然的人性，对于泥沙俱下的生活，人们往往在甄别是泥是沙的过程中而获得痛苦，作者却认为，它们都是宝贵的生命的原材料。又如"泛人才论",天才无非是过早发现了自己的能力的人,人人都有独特的才能。

行文之中,可以体会到生命的张力,最后一段对人生低谷的观点,告诉我们生命的伸缩与张弛:我们弯腰时丢掉鞋中的沙子,只是为了走得更远;运动员们俯身弓腰,也是为了积蓄更大的爆发力。

寻觅危险

在心理学家马斯洛先生的人的需要层次金字塔模式里，安全感是人类的基本需要之一。

记得在日本访问时，很惊讶普通民居的构造单薄。尤其是海边的房子，好像纸扎的灯笼，轻而蓬松，叫人怀疑稍大些的海风，就会把墙壁吹个透明窟窿。

我问日本人，你们这里多地震、多火山、多海啸什么的，如此稀松的房子，怎么抵御灾难，岂不是太不安全了吗？

日本人回答，正是因为多灾，我们的房子才造得很轻，一旦倒塌，也不会把人压死砸死，比钢筋铁骨的建筑，反倒多一份安全。就像薄薄的鸡蛋壳，小鸡很容易钻出来。它看起来不安全，其实倒是很安全的。

真叫人无话可说。

那年到处风传地震，我为自己和家人的安全焦虑，特向一位专事地震研究的朋友请教。她告诉我，地震发生的时候，你赶快跳到家中房屋的承重墙交叉的部位，那里通常比较坚固，即使倒塌也会有小的支撑空间可供躲避，以利等待救援。此秘诀闹得我和先生，像两个蹩脚的工程师，在自己家中四处逡巡，彼此还意见分歧。他说这堵墙承重，我说可能是那一堵，吵得谁也不服谁，只好又向朋友讨教。
她说，你们可以找到当年施工部门的图纸，对照辨
认，岂不最有权威性了？这法子好是好，但实在太
麻烦，我们只好不了了之。朋友是个尽责的人，后
来又过问此事，我如实相告，朋友说，告诉你一个
简单的法子，一旦山摇地动，你就躲到房屋内的卫
生间，那个角落比较安全……从此我牢牢记住这一
救命宝典，很长时间内，一进了卫生间，就敬畏有
加。觉得在未来的某一天，全靠它的庇护啦！

　　后来我到了唐山，有一位大地震中的幸存者，谆
谆告诫我，大震时，要飞快地蹿到凉台上，这样可
以在随后的余震中被甩到室外，安全系数较大。他
当年就是如此才保住性命，而他躲在房中的家人，全
部遇难。

　　我于是想象自己倘若遇到震灾，可能会在卫生
间和凉台中上蹿下跳，坐失宝贵时间。

　　坐汽车，我因为晕车，总好坐在前面。但屡屡
被人指教，只有司机后面的座位，才是全车中最保
险的地方。因为据车祸中大难不死者的统计数据，证
明在危急的时刻，司机会下意识地保全自己，所采
取的紧急措施对自己的位置最为有利。我觉得这一
提议后面，有一层相当微妙甚至龌龊的前提。那就
是——司机以人的本能保护自己，你坐在司机后面，
以他的身躯为你的血肉长城……

　　灾难时，到底哪里最安全？我只做过如此不完
善的小小调查，已是众说纷纭。看来，安全是个永
恒的题目。在我们的生命里面，寻找安全，是集体
无意识的顽强表现。

> 以想象遭遇地震家人及自己逃避的方向为例，再次突出人类对于安全的迫切需要。

此处笔锋一转，本文的题目为"寻觅危险"，前文却花了大量的笔墨写"寻找安全"，其用意只在让"寻找安全"与下文的"寻觅危险"形成鲜明的对比。

我便敬佩那些在危急的时刻，抛却自身的安全，奋勇地冲向危难的勇士。这不仅是道德和情操的高尚，更是人战胜自己天性的壮举。

比如消防人员的扑向火海，比如救护人员的攀登危楼，比如易燃易爆物品燃烧时的临危不惧，比如潜入冰水拯救遇溺者……无论对职业人员还是对见义勇为的普通公民，我相信，在那一瞬，都有生命本能的召唤和人生价值的实现碰撞的火焰。

如果为了一己的安全，自然是远离危险。我们的每一根头发，每一滴血液，都会提醒、命令、安排、指挥我们这样做。人类的进化，使得躲避危险寻觅安全成了几乎与生俱来的能力。但是，为了他人的安全，为了崇高的职责，为了追求和理念，为了一种凌越本能的超拔，他们躲避安全寻觅危险……

行文至此，方始明白作者前文用大量笔墨写"寻找安全"，实际是为了烘托出那些为了他人安全的人，自己躲避安全寻觅危险的高尚品格。

这样的人，就达到了人的自我实现的顶峰，他们找到了本能之上的高贵的尊严。

赏析

大量运用短句、恰当使用修辞是这篇文章语言上两个突出的特点。面对"寻找安全"和"寻觅危险"，作者在文中阐发了以下观点：如果为了一己的安全自然是远离危险；为了他人的安全，为了崇高的职责，为了追求和理念，为了一种凌越本能的超拔，应躲避安全寻觅危险。全文卒章显志，表达了对为了他人安全却寻觅危险的人的赞美和敬畏之情。

人可以最大限度地逼近真实

朋友给我讲过这样一个故事。

他祖父小的时候，很聪明，也很有毅力，学业有成，正欲大展宏图之际，曾祖将他叫了去，拿出一个古匣。对他说，孩子，我有一件心事，终生未了。因为我得到它们的时候，一生的日子已经过了一半，剩下的时间，不够我把它做完了。做学问，就要从年轻的时候着手，我要是交给你一件半成品，不如让你从头开始。

原委是这样。早年间，江南有一家富豪，酷爱藏书。他家有两册古时传下的医书，集无数医家心血之大成，为杏林一绝。富豪视若珍宝，秘不传人，藏在书楼里，难得一见。后来，富豪出门遇险，一位壮士从强盗手里救了他的性命，富豪感恩不尽，欲以斗载的金银相谢。壮士说，财宝再多，再贵重，也是有价的。我救了你，你的命无价。富豪说，莫非壮士还要取了我的命去？壮士大笑说，我不是要你的命，是想用你的医书，救普天下人的性命。富豪想了半天，说，我可以将医书借给你三天，但是三日后的正午，你必得完璧归赵。说罢，命人从嵯峨的木制书楼里，将饱含檀香气味的医书捧了出来。

壮士得了书后，快马加鞭急如星火地赶回家，请来乡下的诸位学子，连夜赶抄医书。书是孤本，时间又那样紧迫，荧荧灯火下，抄书人目眦尽裂，总算在规定时间之内，依样画葫芦地描了下来。壮士把医书还了富豪，长出一口气，心想从此以后，便可以用这深锁在豪门的医学宝典，造福于天下黎民了。

谁知，抄好的医书拿给医家一看，才知竟是不能用的。医家以人的性命为本，亟须严谨稳当。这种在匆忙之中由外行人抄下的医方，讹脱衍倒之处甚多，且错得离奇，漏得古怪，寻不出规律，谁敢用它在病人身上做试验呢？

壮士造福百姓之心不死，急急赶回富豪家。想晓以大义，再请富豪将医书出借一回，这　次，请行家高手来抄，定可以精当了。当他的马冷汗涔涔到达目的地时，迎接他的是冲天火光。富豪家因遭雷击燃起天火，藏书楼内所有的典籍已化为灰烬。

从此这两册抄录的医书，就像鸡肋，一代代流传了下来。没有人敢用上面的方剂，也没有人舍得丢弃它。书的纸张黄脆了，布面断裂了，后人就又精心地誊抄一遍。因为字句的文理不通，每一个抄写的人都依照自己的理解，将它订正改动一番，闹得愈加面目全非，几成天书。

曾祖的话说到这里，目光炯炯地看着祖父。

祖父说，您手里拿的就是这两册书吗？

曾祖说，正是。

祖父说，您是要我把它们勘出来？

曾祖说，我希望你能穷毕生的精力，让它死而复生。但你只说对了一半，不是它们，是它。工程浩大，你这一辈子，是无法同时改正两本书的。现

在，你就从中挑一本吧。留下的那本，只有留待我
们的后代子孙，再来辨析正误了。

祖父看着两本一模一样的宝蓝色布面古籍，费
力斟酌。就像在两个陌生的美女之中，挑选自己终
身的伴侣，一时不知所措。

随意吧。它们难度相同，济世救人的功用也是
一样的。曾祖父催促。

祖父随手点了上面的那一部书。他知道从这一
刻，这一个动作，就把自己的一生，同一方未知的
领域，同一个事业，同一种缘分，紧紧地粘在一起。

好吧。曾祖把祖父选定的甲册交到他手里，把
乙册收了起来，不让祖父再翻。怕祖父三心二意，最
终一事无成。

祖父没有辜负曾祖的期望，皓首穷经，用了整
整半个世纪的时间，将甲书所有的错漏之处更正一
新。册页上临摹不清的药材图谱，他亲自到深山老
林一一核查。无法判定成分正误的方剂，他采集百
草熬药炼成汤，以身试药，几次昏厥在地。为了一
句不知出处的引言，他查阅无数典籍……那册医书
就像是一盘古老石磨的轴心，天文地理古今中外，凡
是书中涉及的知识，祖父都用全部心血一一验证，直
至确凿无疑。祖父的一生围绕着这册医书旋转，从
翩翩少年一直变作鬓发如雪。

按说祖父读了这许多医书，该能成为一代良医。
但是，不。祖父的博学只为那一册医书服务，凡是
验证正确的方剂，祖父就不再对它们有丝毫留恋，弃
而转向新的领域探索。他只对未知事物和纠正谬误
有兴趣，一生穷困艰窘，竟不曾用他验证过的神方

人生总是面临许多选择，我们并不能预知也无法揣度。其实选择并不难面对，真正难面对的是一旦做出选择，我们需要把它作为自己的责任，用真心、专心、恒心去实现自己的承诺，去坚守自己的决定。

祖父的一生诠释了求真务实，坚持不懈、一心一意、呕心沥血等做事与做学问所必需的优秀品质。

医治过病人，获得过收益。

到了祖父垂垂老矣的时候，他终于将那册古书中的几百处谬误全部订正完了。祖父把眼睛从书上移开，目光苍茫，好像第一次发现自己已走到生命的尽头。

人们欢呼雀跃，毕竟从此这本伟大的济世良方，可以造福无数百姓了。

但敬佩之情只持续了极短的一段时间。远方出土了一座古墓，里面埋藏了许多保存完好的古简，其中正有甲书的原件。人们迫不及待地将祖父校勘过的甲书和原件相比较，结果是那样令人震惊。

祖父校勘过的甲书，同古简完全吻合。

也就是说，祖父凭借自己惊人的智慧和毅力，以广博的学识和缜密的思维，加之异乎寻常的直觉，像盲人摸象一般在黑暗中摸索，将甲书在漫长流传过程中产生的所有错误全改正过来了。

祖父用毕生的精力，创造了一项奇迹。

> 以"奇迹"表达了对祖父成就的肯定与褒扬。

但这个奇迹，又在瞬忽之间烟消灰灭，毫无价值。古书已经出土，正本清源，祖父的一切努力，都化为劳而无功的泡沫。人们只记得古书，没有人再忆起祖父和他苦苦寻觅的一生。

讲到这里，朋友久久地沉默着。

古墓里出土了乙医书的真书吗？我问。

没有。朋友答。

我深深地叹息说，如果你的祖父在当初选择的那一瞬间，挑选了乙书，结果就完全不一样啊。

朋友说，我在祖父最后的时光，也问过他这个问题。祖父说，对我来讲，甲书乙书是一样的。我用一生的时间，说明了一个道理，人只要全力以赴地钻研某个问题，就有可能最大限度地逼近它的真实。

祖父在上天给予的两个谜语之中，随手挑选了一个。他证明了人的努力，可以将千古之谜猜透。

这已经足够。

与上文的伟大成就形成鲜明的对比，在人物看似悲剧性的沉重之中，为下文对人物的精神揭示蓄势，更加有力地表现"祖父"对人生价值的领悟：实现自己认定的目标，全力以赴，求真！

赏析

文章借一个带有传奇色彩的故事塑造了一位穷其一生为自己的人生选择做出努力的人物形象，在他身上集中体现了为人造福的伟大，勇于探索未知的精神，坚持不懈、专心致志的治学精神与态度，对事业的赤子之心……

大成者，也许有常人无法理解的付出、执著，却能成就人生的价值。人生的价值在于向未知的领域发出挑战与探索："人只要全力以赴地钻研某个问题，就有可能最大限度地逼近它的真实。"题旨鲜明。让我们全力耕耘，自有收获。

灵魂飞翔的地方

从北京出发，坐一个星期火车再加半个月汽车后，我服兵役来到西藏阿里部队。在地图上找不到"阿里"这个具体地名，一个名叫"狮泉河"的小镇标记，代表了世界屋脊上这块三十五万平方公里的广袤雪域。

从京城优裕生活的学外语女孩，一下子坠落到祖国最边远的不毛之地当卫生员(当然从海拔的角度来说，绝对是上升了，阿里的平均高度超过五千米)。我的灵魂和肌体都受到了极大震动。也许是氧气太少，成天迷迷糊糊的，有时望着遥远的天际，面对无穷无尽的雪原和高山，心想，这世界上真有北京这样一个地方吗？以前的我，该不是一个奇怪的梦吧？

因为没有正规的医学教育，老医生就得言传身教地指导卫生员，好像一个老木匠带着一群小木匠。一天，老医生对我们说，想不想看看真正的恶性肿瘤是什么样？

我们那群女孩子，正是对世上一切事物好奇的年龄，忙说，想看。只是到哪儿去看呢？

老医生眺望远方，说，到最高的那座山上去。

原来是一位患肝癌的牧人在病房故去，家属对一直给他治病的老医生说，我们把亲人的身体，托付给金珠玛米（解放军）的门巴（医生）了，希望您

自然条件的艰苦，也导致了阿里的医疗落后，老医生言传身教式的医疗教学，为后文故事情节的发展作了铺垫。

能将他天葬。说完之后，活着的亲人们就赶着羊群
逶迤而去。

我对老医生说，您会天葬吗？

那时正是"文革"期间，所有的天葬师都销声
匿迹。老医生说，我尽力去做。

老医生找来担架，把尸体安放其上。来了一辆
解放牌卡车，载着我们和担架，向人迹绝踪的山顶
开去。我第一次与死人相距咫尺，充满恐惧。我昨
天还给他化验过血，此刻他却无知无觉地躺在大厢
板上，随着车轮的每一次颠簸，像一段朽木在白单
子底下自由滚动。我尽量离他远一点，但车厢里只
有那么大地方，我的脚紧紧地挨着他的腿，凝固的
感觉自下而上蔓延，半截身体变得铁一般硬冷。

离山顶还很远，路已到尽头，汽车再无法向前。
只有把担架抬下来，托举着它，向高高的山顶攀去。
老医生自然身先士卒，但他一个人无法将尸体搬上
山巅。他征询我的意见说，你是抬前架还是后架？
我想了半天说，我……抬后面吧。倒不是我拈轻怕
重，只是我已看出端倪，知道抬前架的人负有使命，
需决定哪一座峰峦才是这白布下的灵魂最后的安歇
之地。对于这种神圣的职责，我实在没有经验。

灵魂肯定是一种承受重量的物质，它离去了，人
体反而滞重。我艰难地高擎担架，在攀登的路上竭
力保持平衡。尸体冰凉的脚趾隔着被单颤动着，坚
硬的指甲鸟喙一样点着我的面颊。我不敢有片刻大
意，死死盯着老医生的步伐。他抬步我前进，他停
脚我立定。生怕配合不默契，一个失手，死去的肝
癌牧人，必得稳稳地滑坐在我肩头。

> 极力刻画"我"第一次
> 面对死人时的恐惧，但仍
> 坚持跟随，去看真正的恶
> 性肿瘤。"像一段朽木"的
> 比喻，形神兼备，写出了生
> 命的脆弱和死亡的平常。

山好高啊，累得我几乎想和担架上躺着的人交换位置。我抑制着喉头血的腥甜说，秃鹫已经在天上绕圈子了，再不把死人放下，会把我们都当成祭品的。老医生沉着地说，只有到了最高的山上，才能让死者的灵魂飞翔。我们既然受人之托，切不可偷工减料。再坚持一下吧。

老医生的"沉着"，是对死者灵魂的尊重。

终于，到了伸手可触天之眉的地方。担架放下，老医生把白单子掀开，把牧羊人铺在山顶的砂石上，如一块门板样周正。他拿出手术刀剪，锋利的刀口流利地反射着阳光，在石峰上映出点点亮斑。他高高举起刀柄，簌然划下……牧人像容器一般被打开了，老医生像拎土豆一般把布满肿瘤的肝脏捉出腹腔，仔细地用刀锋敲着肿物，倾听它核心处混沌的声响，一边惋惜地叹道，忘了把炊事班的秤拿来，这么大的癌块，罕见啊……

仔细地敲打肿物，倾听它核心处的声响，表现出老医生对医学研究的专业和严谨。对未拿秤的惋惜，表现出老医生对雪域高原难得的实体教学的珍惜和感叹。

秃鹫在头顶愤怒地盘旋着，翅膀扇起阳光的温热。我望着牧人安然的面庞，心灵感到极大的震颤。他的耳垂上还留有我昨日为他化验血时打下的针眼，粘着我贴上去的棉丝。因为病的折磨，他瘦得像一张纸。尽管当时我把刺血针调到最轻薄的一档，还是几乎将耳朵打穿。他的凝血机制已彻底崩溃，稀薄的血液像红线一样无休无止地流淌……我使劲用棉球堵也无用，枕巾成了湿淋淋的红布。他看出我的无措，安宁地说，我身上红水很多，你尽管用小玻璃瓶瓶灌去好了，我已用不到它……

面对苍凉旷远的高原，俯冲而下乜视的鹰眼，散乱山之巅的病态脏器和牧羊人颜面表层永恒的笑容，在那一瞬间，我领悟了什么叫作生命。

它是天地的精华，它是巨大的偶然。它是无限长链中闪烁的一环，它是造化轮回中奇异的组合。周围是无穷无尽的冰川雪岭，它们虽然恒远，却是了无生命的，只有人才是这冰雪世界最活跃的生灵。我们原本是从自然中来，我们必有一天要回到自然中去。在这个短暂的旅途之中，我们要千百倍地珍惜生命……

老医生谆谆指教我们每一脏器的部位，每一神经的走向，直到秃鹫不耐烦地要啄他的眼镜。我们这些年轻的女孩子，围着安卧着的牧羊人，惊心动魄地学习任何医学院都不曾开设过的课程。

讲完课以后，老医生让我们退到远处，他将牧羊人肢解得粉碎，精细地铺陈在沙地上，以便秃鹫将牧羊人的灵魂，快快驮上蓝天。

秃鹫乌云一般呼啸而下，又扶摇而上，隐没在苍穹尽头。我们肃穆地注视着，默默感受着一个生命的消失与升华。

> 一边是凶猛的秃鹫，一边是牧羊人安然不动的尸体，一动一静，震颤着"我"的心灵。人即使再"强大"，当生命逝去，也不过就是一具"弱小"的躯体，生命在疾病的面前，多么苍白无力。这提醒我们珍惜生命……

赏析

这篇文章对生命的感悟是能触动读者的神经的。

关于生命，作者思考着它的本质，源于自然，又归于自然，生与死都不过是自然的轮回，无须畏惧。与无生命的冰川雪岭相比，生命又是可贵的，需要好好珍惜。

同时，我们又能读出雪域高原孕育的纯美人性。牧羊人面对死亡时的坦然，老医生对生命的尊重、对医学的热爱、对责任的坚守，都是能撞击我们的心灵的。

钱的极点

小时候猜一道智力题，问：从地球上的什么地方出发，无论往哪里走，都是朝向南？

答案是：北极。

现在无论同谁聊天，无论从哪说起，都会很快谈到钱。钱成了当今社会的极点。

钱给人的好处是太多了，而且有许多人由于钱不多，而享受不到钱的好处。人对于得不到的东西就需要想象，想象的规律一般是将真实的事物美化。比如说我们看到一位大眼睛戴口罩的女士，就会想她若摘了口罩，一定更是美丽动人。其实不然，口罩里很可能是一对暴牙齿，人家原是为了遮丑的。

我当过许多年的医生，虽是无钱之人，却凭医疗常识，想象钱的功能是有限的，理由从人的生理结构而来。

钱能买来山珍海味，可再大的富豪也只有一个胃。一个胃的容积就那么大，至多装上两三斤的食物，外加一罐扎啤，也就物满为患了。你要是愣往里揣，轻则是慢性胃炎，重了就是急性胃扩张，后者有生命危险呢。更不消说，长期的膏粱厚味，引起高胆固醇糖尿病等等。所以说那些因公而需长期大吃大喝的人，得了肥胖症，真是要算公伤的。

钱能买来绫罗绸缎。可再娇美的妇人也只有一副身段，一次只能向世人展现套在身体最外层的那套衣服。穿得太多了，就会捂出痱子。要是一天老换衣服，变成工作，就是时装模特，和有钱人的初衷不符了。

再说人类延续种族愉悦自身的那个器官吧，更是严格遵循造物的规律，无论科学怎样进步，都不可能增补一套设备。假如无所节制，连原装的这一份都进入"绝对不应期"，且不用说那种种的秽病了。电线杆子上的那些招贴纸，是救不了命的。

人和动物在结构上实在是大同小异，从翩飞的蝴蝶到一只最小的蚂蚁，都有腹腔和眼睛。人和动物最大的区别就在于思想，而恰恰在这一面钢铁盾牌面前，金钱折断了蜡做的矛头。

> 妙喻，金钱之于思想，就如蜡矛盾之于铁盾牌。显示出金钱在思想面前的无力。

比如理想，比如爱情，比如自由……都是金钱的盲点。它们可以因了金钱而卖出，却不会因了金钱而被买进。金钱只是单向的低矮的闸门，永远无法积聚起情感的洪峰。

> 金钱相较于理想，爱情，自由，只是单向低矮的闸门。比喻贴切，写出金钱在面对情感时的局限。

造物给予人的躯体是有限的，作为补偿，造物还人以无垠的精神。人的躯体的每一个细微之部，都是很容易满足的。你主观上想不满足，造物也不允许你。造物以此来制约人的物质的欲望，鼓励思想的飞翔。于是人类在有了果腹的兽肉和蔽体的树叶之后，就开始创造语言绘画和音乐……积蓄了一代又一代的精华，于是我们有了文学，有了艺术，有了哲学的探讨和对宇宙的访问……那都是永无穷尽的奥妙啊，只要人类存在一天，就会上天入地披肝沥胆的寻找与提炼。

> 从造物主的角度写出金钱能满足人的物欲，却不能代替思想的飞翔。

我们现在是站在钱的极点上，但我们很快就会离开它。人们在新的一轮物质需要满足之后，回过头来仍然要皈依精神。

精神是人类最大的财富。在远没有金钱之前，人类就开始了精神的求索。人类最终也许将消灭金钱，但毫无疑问的是人类的精神永存。

> 结尾点明文章中心，人们终将走出钱的极点，追求永恒的精神。

赏析

本文是一篇很好的说理性议论文，可以供大家参考，如何自圆其说，如何用浅显的实例把一个简单的道理说得透彻。阐述钱不是万能的道理，驳斥拜金主义，所举的例证都是与大家生活息息相关的吃穿用等方面的金钱的局限性，这样更容易使人信服，而不是用大而空的离大家很远的实例来例证。这对我们今后写议论文都是很好的借鉴。

常读常新的人鱼公主

　　童话，并不只是给儿童读的。我在成年之后，还常常读童话。每当烦心的时候，从书架上随手扯出的书，必是童话。比如安徒生的《海的女儿》，我就读过多遍，它也被翻译成"人鱼公主"。比较起来，我更喜欢"人鱼公主"这个名字。海的女儿，好像太阔大太神圣了些。人鱼呢，就显得神秘而灵动，还有一点点怪异。

开篇总领全文，引出下文在不同的时间阅读"人鱼公主"的童话的感想。

　　大约 8 岁的时候，第一次读到人鱼公主的故事。读完后泪流满面，抽噎得不能自已。觉得那么可爱和美丽的公主，居然变成了大海上的水泡，真是倒霉极了。从此在很长一段时间内，看到了湖面上河面上甚至脸盆里的水泡就有些发呆（那时没有机会见到大海，只有在这些小地方寄托自己的哀思），心中疑惑地想：这一个水泡，是不是善良的人鱼公主变成的呢？看到风把小水泡吹破，更是万分伤感。读的过程中，最焦急的并不是人鱼公主的爱情，而是最痛她的哑。认定她无法说出话来，是一生未能有好结局的最主要的根源。突发奇想，如果有一个高明的医生，拿出一剂神药，给人鱼公主吃下，以对抗女巫的魔法，事情就完全是另外的结局了。而且还想出补救的办法，觉得人鱼公主应该上学去，学会写字。就算她原来住在海底，和陆地上的国家用的文字不同，以她那样的聪慧，学会普通的表达，也该用不了多长时间吧？比如我自己，不过是个人类的普通孩子，学了一二年级，就可以看童话了，以人鱼公主的天分，应该很快就能用文字把自己的身世写给王子看，王子看到了，不就真相大白了吗！

大约 18 岁的时候，又一次比较认真地读了人鱼公主。也许是情窦初开，这一次很容易地就读出了爱情。喔喔，原来，人鱼公主是一篇讲爱情的童话啊。你看你看，她之所以能忍受那么惨烈的痛苦，是为了自己所爱的人。她忍受了非人的折磨，在刀尖样的甲板上跳舞，她是宁肯自己死，也不要让自己所爱的人死。这是一种多么无私和高尚的不求回报的爱啊！心里也在琢磨，那个王子真的可爱吗？除了长得英俊，有一双大眼睛之外，好像看不出有什么太大的本领啊。游泳的技术也不怎么样，在风浪中要不是人鱼公主舍身相救，他定是溺水必死无疑的了。他也没啥特异功能，对自己的救命恩人一点精神方面的感应也没有，反倒让一个神殿里的女子，坐享其成。当然啦，那个女孩子不知道内情，也就不怪她。但王子怎么可以这样的糊涂呢？况且，人鱼公主看他的眼神，一定是含情脉脉，他怎么就一点"放电"的感觉也没有呢？好呆！心里一边替人鱼公主强烈地抱着不平，一边想，哼！倘若我是人鱼公主，一定要在脱掉鱼尾变出双脚之前，设几个小计谋，好好地考验一下王子，看他明不明白我的心？因为从鱼变成人这件事，是单向隧道，过去了就回不来的。要把自己的一生托付出去，实在举足轻重。不过，真到了故事中所说的那种情况——由于王子的不知情，没有娶人鱼公主，公主的姊妹们从女巫那儿拿了尖刀，要人鱼公主把尖刀刺进王子的胸膛，让王子的鲜血溅到自己的双脚上，才能重新恢复鱼尾……局面可就难办了。思来想去，只有赞同人鱼公主对待爱情的方法，宁可自己痛楚，也要把幸福留给自己所爱的人……

到了 28 岁的时候，我已经做了妈妈。这时来读人鱼公主，竟深深地关切起人鱼公主的家人来了。她的母亲在生了 6 个女儿之后去世了，我猜这个女人临死之前，一定非常放心不下她的女儿，不论是最大的还是最小的。她一定是再三再四地交代给公主的祖母——老皇后，要照料好自己的孩子，特别是最小的女儿。老皇后心疼隔辈人，不单在饮食起居方面无微不至地看顾孩子们，而且还给她们讲海面上人类的故事。可以说，老皇后一点也不保守，甚至是学识渊博呢。当人鱼公主满 15 岁的时候，老皇后在她的尾巴上镶了 8 颗牡蛎，这是高贵身份的标志和郑重的成人典礼啊。当人鱼公主遇到了危难的时候，老皇后的一头白发都掉光了，她不顾年迈体弱，升到海面上，看望自己的孙女……我强烈地感受到了这位老奶奶的慈悲心肠和对人鱼公主的精神哺育。人鱼公主的勇气和聪慧，包括无比善良的玲珑之心，都不是从天上掉下来的，诸多得益于她的祖母啊。

到了 38 岁的时候，因为我也开始写小说，读人鱼公主的时候，不由自主地探讨起安徒生的写作技巧来了。我有点纳闷儿，安徒生在写作之前，有

一个 18 岁的妙龄女子读"人鱼公主"，自然会因自己的情窦初开读出爱情，读出爱情故事中男女主角的感情付出孰多孰少。在"我"看来，"人鱼公主"是这场爱情的牺牲者。

28 岁，已为人母的"我"眼里心里全是自己孩子的成长，于是"人鱼公主"中的"老皇后"走进了"我"的视线。"人鱼公主"虽然幼年丧母，但因有"老皇后"对她生活与精神的悉心哺育，长大后的她具有勇敢、智慧、善良等美好品质。

没有一个详尽的提纲呢？我的结论——大概没有。似乎能看到安徒生的某种随心所欲，信马由缰。当然了，大的轮廓走向他是有的，这个缠绵悱恻一波三折既有血泪也有波浪的故事，一定是在他的大脑里酝酿许久了。但是，连续读上几遍之后，感到结尾处好像有点画蛇添足。试想当年：安徒生很投入地写啊写，把这么好的一个故事快写完了，突然想起，咦，我这是给孩子们写的一个童话啊，怎么好像和孩子们没多少关系了？不行，我得把放开的思绪拉回来。他这样想着，就把一个担子，压到了孩子们的头上。他在故事里说：你喜欢人鱼公主吗？猜到小孩了 定说 ——喜欢。然后他接着说，人鱼公主变成了水泡，你难过吗？断定大家一定说——难过。那么好吧，安徒生顺理成章地说，人鱼公主变成的水泡，升到天空中去了，她在空中听到一个低低的声音告诉她，300 年之后，她就可以为自己造一个不朽灵魂了。300 年，当然是一个很久很久的时间了。幸好还有补救的办法，那就是——如果人鱼公主在空中飞翔的时候，看到一个能让父母高兴的小孩子，那么她获得不朽灵魂的时间就会缩短。如果她看到一个顽皮又品行不好的孩子，就会伤心地落下泪来，这样，她受苦受难的时间就会延长……我不知道安徒生是否得意这个结尾，反正，我有点迟疑。干吗把救赎工作，交到每一个读过人鱼公主的故事的小孩子身上啊？是不是太沉重了？

　　现在，我 48 岁了。为了写这篇文章，又读了几遍人鱼公主。这一次，我心平气和，仿佛天眼洞开，

　　　38 岁时的"我"开始创作小说，作品构思自然成了"我"关注的焦点。"我"对安徒生写的"人鱼公主"的结尾提出质疑。

有了一番新的感悟。这是一篇写灵魂的故事。无论海底的世界怎样瑰丽丰饶，因为没有灵魂，所以人鱼公主毅然离开了自己的亲人。她本来把希望寄托在一个爱她能胜过爱任何人的王子身上，那么王子就可以把自己的灵魂分给她，她就从王子手里得到了灵魂。为了这份与灵魂相关联的爱情，人鱼公主付出了自己所能付出的一切，她的勇敢、善良、舍身为人……都在命运燧石的敲打下，大放异彩。但是，阴差阳错啊，她还是无法得到一个灵魂。人鱼公主是顽强和坚定的，她选定了自己的道路就绝不回头，终于，她得到了自己铸造一个灵魂的机会。在一个接一个严峻的考验之后，在肉体和精神的磨砺煎熬之后，人鱼公主谁都不再依靠，紧紧依赖着自己的精神，踏上了寻找不朽灵魂的漫漫旅途。

48岁，"我"经历过人生的风风雨雨，目睹过人间的悲欢离合，不会苟同"人鱼公主"对待爱情的方法：宁可自己痛楚，也要把幸福留给自己所爱的人。但"我"认同"人鱼公主"的选择：唯有自己精神的独立与不朽才是最可依靠的。只要精神屹立，死亡也为之匍匐！

这个悲壮而凄美地寻找灵魂的故事，是如此地动人心弦，常读常新。有时想，当我58岁……68岁……108岁（但愿能够）的时候，不知又读出了怎样的深长？

赏析

学而时习之，不亦说乎！跟随作者四次阅读"人鱼公主"的经历与感悟，"我"似乎穿越了时空，回到了小学时光、高中时代、初为人母等不同阶段。我们每一个人生阶段，阅历与生活的重心是迥然不同的，自然阅读思考的角度也会有差异。

作者在表述每一次阅读感悟时，都写了年龄、身份或要务：8岁——小学生；18岁——中学生，情窦初开；28岁——初为人母；38岁——创作小说；48岁——写作《常读常新的人鱼公主》。感悟中，有对原文的再读，有对故事结局的种种假设，有对主人公命运的忧思，还有对读者的关照……思维广，角度新，感悟情真意切，发自肺腑，不失为学生读后感的范文。

全文总分总的结构清晰明朗，开头第一段总领全文，中间四个段落以时间为序，写了四次阅读感悟，最后一段总结全文，照应题目，引人深思。

第四辑

努力过得丰盛

节令是一种命令

以"银粉色的乒乓球"来比喻"西红柿"，生动形象地写出了老人卖的西红柿在"我"眼里是那样的青涩，难以激起"我"的食欲，也写出了"我"对植物生长认识的浅薄。

夏初，买菜。老人对我说，买我的吧。看他的菜摊，好似堆积着银粉色的乒乓球，西红柿摆成金字塔样。拿起一个，柿蒂部羽毛状的绿色，很翠硬地硌着我的手。我说，这么小啊，还青，远没有冬天时我吃的西红柿好呢。

老人显著地不悦了，说，冬天的西红柿算什么西红柿呢？吃它们哪里是吃菜？分明是吃药啊。

我很惊奇，说怎么是药呢？它们又大又红，灯笼一般美丽啊。

老人说，那是温室里煨出来的，先用炉火烤，再用药熏。让它们变得不合规矩地胖大，用保青剂或是保红剂，让它比画的还好看。人里面有汉奸，西红柿里头也有奸细呢。冬天的西红柿就是这种假货。

我惭愧了。多年以来，被蔬菜中的骗局所蒙蔽。那吃什么菜好呢？我虚心讨教。

老人的生意很清淡，乐得教诲我。口中吐钉一般说道——记着，永远吃正当节令的菜。萝卜下来就吃萝卜，白菜下来就吃白菜。节令节令，节气就是令啊！夏至那天，太阳一定最长。冬至那天，亮光一定最短。你能不信吗？不信不行。你是冬眠的狗熊，到了惊蛰，一定会醒来。你是一条长虫，冷了就得冻僵，会变得像拐棍一样打不了弯。人不能心贪，你用了种种的计策，在冬天里，抢先吃了只有夏天才长的菜，夏天到了，怎么办呢？再吃冬天的菜吗？颠了个儿，你费尽心机，不是整个瞎忙活吗？别心急，慢慢等着吧，一年四季的菜，你都能吃到。更不要说，只有野地里，叫风吹绿的菜叶，太阳晒红的果子，才是最有味道的。

我买了老人家的西红柿，慢慢地向家中走。他的西红柿虽是露地长的，质量还有推敲的必要。但他的话，浸着一种晚风的霜凉，久久伴着我。阳光斜照在网兜上，那略带柔软的银粉色，被勒割出精致的纹路，好像一幅生长的印谱。

> 老人质朴而富有哲理的话，使"我"对事物和人生有了更清醒的认识。

人生也是有节气的啊！

春天就做春天的事情，去播种。秋天就做秋天的事情，去收获。夏天游水，冬天堆雪。快乐的时候笑，悲痛的时分洒泪。

少年需率真。过于老成，好比施用了植物催熟剂，早早定了型，抢先上市，或许能卖个好价钱，但植株不会高大，叶片不会密匝，从根本上说，该归入早夭的一列。老年太轻狂，好似理智的幼稚症，让人疑心脑幕的某一部分让岁月的虫蛀了，连缀不起精彩的长卷，包裹不住漫长的人生。

时尚有句俗话——您看起来比实际的岁数年轻，听的人把它当作一句恭维或是赞美，说的人把它当作万灵的廉价礼物。我总猜测这话的背后，缩着上帝的一张笑脸。

比实际的年龄年轻，就分明是好的，美的，值得庆贺的吗？

小的人希冀长大，老的人祈望年轻。这种希望变更的子午线，究竟坐落在哪一扇生日的年轮？与其费尽心机地寻找秘诀，不如退而结网，锻造出心灵与年龄同步的舞蹈。

老是走向死亡的阶梯，但年轻也是临终一跃前长长的助跑。五十步笑百步，不必有过多的惆怅或是优越。年轻年老都是生命的流程，不必厚此薄彼，显出对某道工序的青睐或是鄙弃，那是对造物的大不敬，是一种浅薄而愚蠢的势利。人们可以濡养肌体的青春，但不要忘记心灵的疲倦。

死亡是生命最后的成长过程，有如银粉色的西红柿被摘下以后，在夕阳中渐渐地蔓延成浓烈的红色。此刻你只有相信，每一颗西红柿里都预设了一个机关，坚定不移地服从节气的指挥。

赏析

文章以小见大，作者从生活中买菜这件小事入手，借节令来谈人生，很自然地过渡到谈人生哲理，自然贴切，容易为人接受。庄稼是循季节生长，发芽，开花，结果，耽误不得，也不能违背它的生长规律。只有经历过那些必备的流程，它才能有一个丰收的未来，才是最有味道的。人的生命不也正是如此？人生也是一个过程，若错过了节令，缺失了季节，定然不会那么完美。所以不论是庄稼还是人生，我们都要遵循节气这个命令。

人生不同阶段有不同阶段的事情，人生的心灵成长与年龄成长应该同步。年轻和年老都是生命的不同阶段，不必厚此薄彼，也不必对死亡畏惧。

附耳细说

　　韩国的古书，说过一个小故事。

　　一位名叫黄喜的相国，微服出访，路过一片农田，坐下来休息。瞧见农夫驾着两头牛正在耕地，便问农夫，你这两头牛，哪一头更棒呢？农夫看着他，一言不发。等耕到了地头，牛到一旁吃草，农夫附在黄喜的耳朵边，低声细气地说，告诉你吧，边上那头牛更好一些。黄喜很奇怪，问，你干吗用这么小的声音说话？农夫答道，牛虽是畜类，心和人是一样的。我要是大声地说这头牛好那头牛不好，它们能从我的眼神、手势、声音里分辨出来我的评论，那头虽然尽了力，但仍不够优秀的牛，心里会很难过……

　　由此想到人，想到孩子，想到青年。

　　无论多么聪明的牛，都不会比一个发育健全的人，哪怕是稍明事理的儿童，更敏感和智慧。对照那个对牛的心理体贴入微的农夫，世上做成人做领导做有权评判他人的人，是不是经常在表扬或批评的瞬间，忽略了一份对心灵的抚慰？

　　父母常常以为小孩子是没有或是缺乏自尊心的。随意地大声呵斥他们，为了一点小小的过错，唠叨不止。不管是什么场合，有什么人在场，只顾自己说得痛快，全然不理会小小的孩子是否承受得了。以为只要是良药，再苦涩，孩子也应该脸不变色心不跳地吞下去；孩子越痛苦，越说明对这次教育的印象深刻，越能够起举一反三的效力。

这样的父母，实在是想错了。

以父母教育孩子为例，指出做父母的在批评孩子时的错误行为与态度：不顾及孩子的自尊心。

能够约束人们不再重蹈覆辙的唯一缰绳，是内省的自尊和自制。它的本质是一种对自己的珍惜和对他人的敬重，是对社会公有法则的遵守与服从。如果一个孩子从小就在无穷的心理折磨中丧失了尊严，无论他今后所受的教育如何专业，心理的阴暗和残缺很难弥补，人格潜伏着巨大危机。

人们常常以为只有批评才需注重场合，若是表扬，在任何时机任何情形下都是适宜的，这也是个误区。

批评就像冰水，表扬好比热敷，彼此的温度不相同，但都是疗伤治痛的手段。批评能使我们清醒，凛然一振，深刻地反省自己的过失，迸发挺进的激奋。表扬则像温暖宜人的淋浴，使人血脉偾张，意气风发，产生勃兴向上的豪情。

但如果是在公众场合的批评和表扬，除了对直接对象的鞭挞和鼓励，还会涉及到同时聆听的他人的反应。更不消说领导者常用的策略往往是这样：对个别人的批评一般也是对大家的批评，对某个人的表扬更是对大多数人的无言鞭策。至于做父母的，当着自家的孩子，频频提到别人孩子的品行作为，无论批评还是表扬，再幼稚的孩子也都晓得，更是醉翁之意不在酒的含沙射影。

批评和表扬永远是双刃的剑。使用得好，犀利无比，斩出一条通达的道路，使我们快速向前。使用得不当，就可能伤了自己也伤了他人，滴下一串串淋漓的鲜血。

我想，对于孩子来说，凡是隶属天分的那一部分，无论是表扬还是批评，都不必过多地拘泥于此。就像玫瑰花的艳丽和小草的柔弱，都有浓重的不可抵挡的天意蕴藏其中，无论其个体如何努力，可改变的幅度不会很大，甚至丝毫无补。玫瑰花决不会变成绿色，小草也永无芬芳。

在上文总结的基础上，进一步运用比喻论证深入阐述怎样正确使用批评与表扬的手段，层层递进，说理透彻。

人也一样。我们有许多与生俱来的特质，每个人都是不同的。比如相貌、身高、气力的大小、智商的高低……在这一范畴里，都大可不必过多地表扬或是批评。夸奖这个小孩子是如何的美丽，那个又是如何的聪明，不但无助于让他人有的放矢地学习，把别人的优点化为自己的长处，反倒会使没有受表扬的孩子滋生出满腔的怨怼，使那受表扬者繁殖出莫名的优越。批评也是一样，奚落这个孩子笨，嘲笑那个孩子傻，他们自己无法选择换一副大脑或是神经，只会悲观丧气也许从此自暴自弃。旁的孩子在这种批评中无端地得了傲视他人的资本，便可能沾沾自喜起来，松懈了努力。

批评和表扬的主要驰骋疆域，应该是人的力量可以抵达的范围和深度。它们是评价态度的标尺而不是鉴定天资的分光镜。我们可以批评孩子的懒散，而不应当指责儿童的智力。我们可以表扬女孩把手帕洗得很洁净，而不宜夸赏她的服装高贵。我们可以批评临阵脱逃的怯懦无能，却不要影射先天的多病与体弱。我们可以表扬经过锻炼的强壮机敏，却不必太在意得自遗传的高大与威猛……

如何正确使用批评与表扬。一组"可以……而不……"的排比句式，强调了正确的批评与表扬观。使论证有气势，有力度。

不宜的批评和表扬，如同太冷的冰水和太热的蒸气，都会对我们的精神造成破坏。孩子和年轻人的皮肤与心灵，更为精巧细腻。他们自我修复的能力还不够顽强，如果伤害太深，会留下终生难复的印迹，每到淫雨天便阵阵作痛。遗下的疤痕，侵犯了人生的光彩与美丽。

山野中一个农夫，对他的牛，都倾注了那样淳厚的爱心。人比牛更加敏感。因此，无论表扬还是批评让我们学会附在耳边，轻轻地说……

> 结尾照应开头故事，结构严谨。将现实中的人与人和故事中的农夫与牛对比，强调观点；无论批评与表扬，轻轻说，显尊重。

赏析

文章针对现实生活中如何正确使用批评与表扬的问题，以韩国古书中的经典故事引入，先谈人们在行使批评与表扬时的弊病，即不注重对受教者的尊重与教育；再进一步论证如何正确行使批评与表扬；文末总结照应。论述方法多样，有分别从批评、表扬两个方面的分析，有形象的比喻说理，有正面、反面的对比论述。选例来自生活常事，平实浅显。语言通俗自然而又生动可感，读来亲切而又引人深思。

看着别人的眼睛

很小的时候，如果我有了过失，说了谎话，又不愿承认的时候，妈妈就会说：看着我的眼睛。如果我襟怀坦荡，我就敢看着她的眼睛，否则就只有羞愧地低头。

从此，我面对别人的时候，看着他的眼睛。

当我失败的时候，看着亲人的眼睛，我无地自容。但悲伤会使我的眼睛蒙满泪水，却不会使我闭上眼睛。看着批评我的目光，我会激起正视缺点的勇气与信念。我会仔细回顾我走过的路，看看自己是怎样跌倒的，今后避开同样的危险。

当我受到表扬的时候，我也快乐地注视着别人的眼睛。我不喜欢假装谦虚把睫毛深深地垂下，一个人回到僻静处悄悄地乐。我愿意把心中的喜悦像满桶的水一样溢出来，让我的朋友们分享。在我的亲人我的朋友的眼睛里，我读出他们的快活和对我更高的希冀。表扬不但没有使我忘乎所以，反倒更使我感到肩上的担子沉重。成功好比是一座小山，一个准备走很远的路的旅人，站得高了，才会看到目的地的黄火。他会加快自己的脚步。

当我面对陌生人的时候，我会格外注视他的眼睛。眼睛是心灵的窗户已经是被说腻了的古话，可我要说眼睛不仅仅是窗户，它是心灵的家。假如陌生人的目光坦诚而友好，我会向他伸出我的手。假如陌生人的目光犹疑而彷徨，我断定他为一个没有主见的人，不能成为朋友。假如陌生人的目光躲闪而阴暗，我会退避三舍，在心里敲起警钟。假如陌生人的目光孤苦无告，我愿意提供力所能及的帮助。

注视陌生人的眼睛，可以判断陌生人的个性品格和境遇从而做出选择。

当我面对熟识的人的时候，我会观察他的眼睛有没有变化。岁月会改变一个人的眼光，就像油漆的家具会变色一样。但是有些老朋友的眼光是不会变的，像最清澈的水晶，晶莹一生。但他们的眼睛会随着思绪的喜怒哀乐变换颜色，作为朋友，我愿与他们分担。假如他们悲哀，我愿为他们宽心。假如他们喜悦，我愿与他们分享。假如他们焦虑，我愿出谋划策。假如他们忧郁，我愿陪着他们沿着静静的小河走很远很远。

注视朋友的眼睛，可以洞察朋友的内心，与朋友在心灵上更贴近。

当我独自一人面对镜子的时候，我严格地审视自己的眼睛。它是否还保持着童年人的纯真与善良？它是否还凝聚着少年人的敏锐与蓬勃？它在历尽沧桑以后，是否还向往人世间的真善美？面对今后岁月的风霜雨雪，它是否依旧满怀勇气与希望？

注视自己眼睛，从而自省。

当我面对森林的时候，我注视着森林的眼睛。它就是树干上斑驳的年轮和随风摇曳的无数嫩叶。它们既苍老又年轻，流露出大自然无限的生机。

当我在月夜里面对星空的时候，我注视着宇宙的眼睛。那是苍穹无数的星辰。天是那样的幽蓝而辽阔，周围是那样的静寂而悠远。作为一个单独的人，我们是多么的渺小啊！但正是看似微不足道的人类，开始了征服宇宙的长征。在这个意义上，人类有时那样伟大而悲壮。每一个孤立的人，都像火星一样微弱，但集结起来，就可以给迷途的人指引方向，就可以在黑暗中放出光明。

我注视着滔滔的流水，浪花就是它的眼睛。生命在于运动，假如大海没有了波涛，就结束了它浩瀚博大的使命，大海就瞎了，成为死水一潭。再也不能负载舟楫远航，再也不能任海鸥翱翔，再也不能繁养无数的水族，再也不能驮着我们在海滩上嬉戏……

世界上所有的生灵都有它们的眼睛。就看你用不用心寻找，就看你有没有勇气和它对视。

当我刚刚开始学习注视别人的眼睛的时候，心中很有些不安。我觉得自己是个小小的孩童，我怎么敢看着别人的眼睛？那不是太不尊敬人了吗？我对妈妈讲了我的顾虑，她笑了，说，那你明天试着看看老师的眼睛。

第二天，在课堂上，我开始注视着老师的眼睛。好怪啊，老师好像专门给我一个人讲课似的。我的思考紧紧地跟随老师的讲解，在知识的密林里寻觅。当讲到重要的地方，我看到老师的眼睛里冒出精彩的火花，我知道自己一定要记住它。当老师的眼光像湖水一样平静的时候，我知道这只需要一般掌握。当我在读老师眼睛的时候，老师也在读我的眼睛。假如我显现出迷惘与困惑，老师就会停顿他讲解的步伐，在原地连兜几个圈子，直到我的目光重又明亮如洗。假如我调皮地向他眨眨眼睛，他会突然把讲了一半的话咽进嘴里，他知道我已心领神会，可以继续向下讲了。

我这才知道，眼睛对眼睛，是可以说话的。它

> 这三段从结构上看，由注视人的眼睛过渡到注视自然的眼睛，由具体的眼睛过渡到抽象的眼睛，字里行间充满着作者诗意和浪漫的想象。同时用了很多精彩的比喻，形象生动地写出了眼睛的实质，那就是生命体最能体现生机的地方。

们进行无声的交流，在这种通行的世界语里，容不得谎言，用不着翻译。它们比嘴巴更真实地反映着一个人隐秘的内心世界。

随着年龄的增长，我明白了注视着别人的眼睛，是一种郑重，是一种尊敬，是一种信任，是一种坦诚。

当然了，这种注视不是死瞪瞪地盯着人家看，那样可真有点傻乎乎并且不文雅了。注视的目光应该是宁静而安然的，好像是我们在晴朗的天气，眺望远处的青山。

这两段辩证地阐释了注视眼睛的要求，用比喻的方式写出这种注视的目光需要平和宁静，而不是咄咄逼人。不然会适得其反。

如果我听懂了他的话，我会轻轻地点头。如果我需要他详细解说，我会用目光传达出这种请求。

注视着别人的眼睛，也给自己提出了更高的要求。

当我注视着别人的眼睛说谢谢你的时候，我必须发自内心的真诚。

当我注视着别人的眼睛说对不起的时候，我必须传递由衷的歉意。

当我注视着别人的眼睛说我能把这件事做好，我一定要下一个必胜的信心。当我注视着别人的眼睛说请相信我，我觉得自己陡然间增长了才干和胆魄。医学家证明，人在说谎的时候，无论多么历练老辣，他的眼睛都会泄露他的秘密。他的瞳孔会散大，他的视线会游移，眼睑也会不由自主地下垂。为了我们能够勇敢地注视别人的眼睛并不怕被别人所注视，让我们做一个襟怀坦荡心灵像水晶般的人。

赏析

本文结构清晰，开篇用自己的经历引出话题，接着分说面对不同人、不同事情都应看着他人的眼睛，论证注视他人眼睛的作用和意义。接着由注视人的眼睛过渡到注视自然的眼睛，由具体的眼睛过渡到抽象的眼睛，又用自己的经历加强读者对注视他人眼睛作用的印象，再阐释注视眼睛的方法，最后总结升化主题，注视他人的眼睛其实就是给他人以及自己一个承诺。

文章充满着作者诗意和浪漫的想象。文章很多精彩的比喻，如将老师的眼睛比作平静的湖水，将树干的年轮和嫩叶、星辰、浪花比作森林、宇宙和流水的眼睛，语言精练，想象奇特，美不胜收。

作者对"眼睛是心灵的窗户"这一古老命题进行挖掘和深入阐释，提出"眼睛是心灵的家"这一观点。眼睛就是心灵，所以必须注视他人眼睛，也要敢于注视自己的眼睛，唯有此，才会尊重他人，尊重自己，信守承诺，成为一个襟怀坦荡的人，因为注视就是一种心灵的承诺。

让我们倾听

我读心理学博士方向课程的时候，书写作业，其中有一篇是研究"倾听"。刚开始我想，这还不容易啊，人有两耳，只要不是先天失聪，落草就能听见动静。夜半时分，人睡着了，眼睛闭着，耳轮没有开关，一有月落乌啼，人就猛然惊醒，想不倾听都做不到。再者，我做内科医生多年，每天都要无数次地听病人倾倒满腔苦水，鼓膜都起茧子了。所以，倾听对我应不是问题。

查了资料，认真思考，才知差距多多。在"倾听"这门功课上，许多人不及格。如果谈话的人没有我们的学识高，我们就会虚与委蛇地听。如果谈话的人冗长烦琐，我们就会不客气地打断叙述。如果谈话的人言不及义，我们会明显地露出厌倦的神色。如果谈话的人缺少真知灼见，我们会讽刺挖苦，令他难堪……凡此种种，我都无数次地表演过，至今一想起来，无地自容。

世上的人，天然就掌握了倾听艺术的人，可说凤毛麟角。

不信，咱们来做一个试验。

你找一个好朋友，对他或她说，我现在同你讲我的心里话，你却不要认真听。你可以东张西望，你可以搔首弄姿，你也可以听音乐梳头发干一切你忽

> 由"我"到"世上的人"，推己及人，大多数人都不会倾听，表明学会倾听是多么有必要。

然想到的事，你也可以王顾左右而言他……总之，你什么都可以做，就是不必听我说。

当你的朋友决定配合你以后，这个游戏就可以开始了。你必要拣一件撕肝裂胆的痛事来说，越动感情越好，切不可潦草敷衍。

好了，你说吧……

我猜你说不了多长时间，最多3分钟，就会鸣金收兵。无论如何你也说不下去了。面对着一个对你的疾苦你的忧愁无动于衷的家伙，你再无兴趣敞开襟怀。不但你缄口了，而且你感到沮丧和愤怒。你觉得这个朋友愧对你的信任，太不够朋友。你决定以后和他渐疏渐远，你甚至怀疑认识这个人是不是一个错误……

你会说，不认真听别人讲话，会有这样严重的后果吗？我可以很负责地告诉你，正是如此。有很多我们丧失的机遇，有若干阴差阳错的讯息，有不少失之交臂的朋友，甚至各奔东西的恋人，那绝缘的起因，都系我们不曾学会倾听。好了，这个令人不愉快的游戏我们就做到这里。下面，我们来做一个令人愉快的活动。

还是你和你的朋友。这一次，是你的朋友向你诉说刻骨铭心的往事。请你身体前倾，请你目光和煦。你屏息关注着他的眼神，你随着他的情感冲浪而起伏。如果他高兴，你也报以会心的微笑。如果他悲哀，你便陪伴着垂下眼帘。如果他落泪了，你温柔地递上纸巾。如果他久久地沉默，你也和他缄口走过……

非常简单。当他说完了，游戏就结束了。你可

用对称的句式，描画了认真倾听朋友讲话时该有的表现。用生动的语言再现情景，能引起读者共鸣。

以问问他,在你这样倾听他的过程中,他感到了什么?

我猜,你的朋友会告诉你,你给了他尊重,给了他关爱。给他的孤独以抚慰,给他的无望以曙光。给他的快乐加倍,给他的哀伤减半。你是他最好的朋友之一,他会记得和你一道度过的难忘时光。

这就是倾听的魔力。

倾听的"倾"字,我原以为就是表示身体向前斜着,用肢体语言表示关爱与注重。翻查字典,其实不然。或者说仅仅做这样的理解是不够全面的。倾听,就是"用尽力量去听"。这里的"倾"字,类乎倾巢出动,类乎倾箱倒箧,类乎倾国倾城,类乎倾盆大雨……总之殚精竭虑毫无保留。

可能有点夸张和矫枉过正,但倾听的重要性我以为必须提到相当的高度来认识,这是一个人心理是否健康的重要标识之一。人活在世上,说和听是两件要务。说,主要是表达自己的思想情感和意识,每一个说话的人都希望别人能够听到自己的声音。听,就是接收他人描述内心想法,以达到沟通和交流的目的。听和说像是鲲鹏的两只翅膀,必须协调展开,才能直上九万里。

现代生活飞速地发展,人的一辈子,再不是蜷缩在一个小村或小镇,而是纵横驰骋漂洋过海。所接触的人,不再是几十一百,很可能成千上万。要在相对短暂的时间内,让别人听懂了你的话,让你听懂了别人的话,并且在两颗头脑之间产生碰撞,这就变成了心灵的艺术。

赏析

本文说理由浅入深，举例贴近生活，读来清新自然。

文章开头，作者从自己关于"倾听"的错误认识引入，由对"倾听"这门功课的深入研究说开去，做了两个试验：一个是"我"动情倾诉，朋友无心倾听，最终因朋友对"我"的极度不尊重而严重伤害了"我"；一个是朋友动情倾诉，"我"全力倾听，最终因"我"对朋友的尊重让我们的友情得以升温。同样是听，结局却全然不同，其中的差距就在如何听。两个试验，简单而富有生活情景感，能引起读者反思与共鸣。由此而议论开去，告诉我们该如何倾听，倾听有多么重要。

从结构上来看，本文由一个具普遍性的错误认识引入，再用两个试验印证正确的观点，最后得出结论并提出希望。文章结构清晰，读来一目了然。

苍蝇向何处而飞

从小我就知道自己是个笨手笨脚的女孩，最显著的证据就是我打不到苍蝇。看那家伙蹲在墙上，傲慢地搓着手掌，翅膀悠闲地打着拍子，我咬牙切齿地用苍蝇拍笼罩它，屏气，心跳欲炸。长时间瞄准后猛然扑下，苍蝇却轻盈地飞走了，留下惆怅的我欲哭无泪，悔恨自己竟被一只苍蝇打败。

甚至我第一次有意识地说谎，也同苍蝇有关。每年夏天，少先队都要开展打苍蝇比赛，自报数字。面对同学们几十上百的战果，我却只能报出寥寥几个，惭愧无比。想打杀更多苍蝇的心愿火烧火燎，但我遇到的苍蝇都狡猾无比，无论我瞄准多长时间，它必能抢在我落拍之前起飞逃窜，且定可逃脱。绝望之中，我确信自己先天性手脚搭配失灵，不然为什么人人都能轻易做到之事在我却如此艰难？为了面子好看，我开始虚构消灭苍蝇的数字，幸亏我学习不错，又是大队长，信誉还凑合，以至于没人怀疑。可说了假话，终是恐惧，为了心理安稳些，下次看到苍蝇，我就闭着眼睛把蝇拍砸下，然后并不看打到没有，便扬长而去。这样报数时，压力轻些。

后来当兵，射击训练时手抖得像得了老年震颤症，三点无论如何瞄不成一线。老兵宽慰说，这对新兵很正常，练练就好，没什么稀奇。但我羞惭不

我认为打不到苍蝇，说明了我笨手笨脚。这样的自卑心理为下文我做不好其他类似事情做铺垫。

不敢正视自己的缺点，只有"闭上眼睛"，自欺欺人，来让自己好受些。

已，四处检讨自己笨，一心想提前制造舆论。为实弹射击吃鸭蛋埋下伏笔，让大伙先有个思想准备，觉得本人打不中靶子理所当然。虽然后来我的射击成绩是"优"，开展争特等神枪手运动时，还是知趣地逃之夭夭。我固执地认为，那次好成绩纯属偶然，先天缺陷无药可治。

实习军医时，外科主任说，我看你反应快、素质好，培养你成为外科一把刀如何？那时学员之间流传着：金外科，银内科，破铜烂铁妇儿科……女生能被外科权威挑中，是天大的福气。但我毫不迟疑地拒绝了，胡乱找了一个理由，说我晕血，不喜欢外科。其实内心真正的恐惧是——外科讲究心灵手巧，我是一个连苍蝇都打不了的人，怎么能成为出色的女外科医生呢？还是知难而退吧。

多少年来，凡是需要手眼配合的关头，我都自觉地退避三舍。哪怕是学气功和防身武术，心中热望，迫切报名，最后关头均以退出告吹。解嘲道，我很笨，肯定学不好，甭浪费老师的时间吧。我尽量地躲避需要身体运动的技术，怕自己像打不到苍蝇一样在众人面前丢丑。因为这种遮掩退避，在漫长的岁月里，我的手脚果真变得越来越笨了。

人到中年，突然在一篇科普文章中看到，通过超高速摄影，然后慢速回放，可以观察到苍蝇起飞的那一瞬是猛然间向后飞翔。如果你想准确地命中苍蝇，就要瞄准它的后方……

没人知道，这行简单的字迹给我带来了多么大的震撼和心灵救赎。那一刻，我几乎热泪盈眶。

我明白了，打飞苍蝇，不在于动作笨拙，而是

> 拍不到苍蝇而引发的一系列连锁事件，更坚定了我对自己笨手笨脚的评价。看似理由充分，实则很牵强。

> 作者人到中年，读科普文章的偶然事件，让作者对之前自己对自己的评价产生了改变，这是作者生活的一个转折点，也是本篇文章的过渡段。

大脑无知。因为求胜心切，所以长时间地瞄准，惊动了苍蝇，失去了就地歼敌的良机。紧接着，在运动战中杀灭对方的意图又因错误判断苍蝇是向前飞行而导致屡战屡败。

一个简明的道理，搞懂它，用去数十年。那只想象中的巨蝇，横亘在我人生旅途上，不止一次强烈地干扰了我的重大决策。我从未对人谈起过这只苍蝇，但我知道，它阴险地活跃在我的自我判断中，让我自卑，催我退缩，它使我自动放弃许多学习各种事物的成长机会，又成了我姑息自己推诿责任、倚靠他人、不肯努力的挡箭牌和遮羞布。

我剖析自己，思考良久。人们容易夸大自己的成绩和优点，沾沾自喜。这虽然不明智，起码尚好理解。但我们有时夸大自己的失误和缺陷，甚至以此为盾，振振有词，究竟是为什么？

我们习惯一事当前，先为自己布下巧妙逃遁的理由。我们善于发挥悲哀的想象力，制造可资逃避的借口。我们不断把一些后天的弱点归结为遗传的天性，以洗脱自身应负的责任。我们没有勇气针对瑕疵自我解剖，便推诿于种种客观和大自然的不可抗拒之力。

这一切的核心是怯懦。自身的敌人，也需有正视和砍刈的英雄气概。

从那以后，我击打苍蝇几乎是百发百中了。但由于多年退避的惯性，我于需要用手操作的场合，还是十分笨拙。我知道，那只嗡嗡作响的巨蝇并不甘心退出它寄居了数十年的巢穴。由于我以往的姑息养奸，它已尾大不掉。举起思想中的蝇拍，瞄准它，

（旁注） 总结上文，一切都源于未知。是认知的盲点让我们对自己的行为产生了错误的推理判断。

（旁注） 结尾揭示中心，改变打苍蝇的方式容易，改变自己思维方式却非常难。作者好学且有反思精神尚需一生来完成歼灭精神上苍蝇的任务，我辈更应该警惕那些寄居在我们心里的巨蝇。

扣紧它的后方，无论它起飞还是降落，都力争消灭
它，是我毕生的一件活儿了。

赏析

　　好的事件，如电影小说中因一件事而找回梦想，重塑自我，获得
成功的事例太多，毋庸多说。而坏的小事却隐藏在我们大脑深处，心
灵角落。我们经常不愿回顾，以免自己受到更多伤害。事实上，那些
伤害我们的小事，当时的伤害还算小，经过我们内心的酝酿，发酵，
简直与我们自己密不可分，形成了我们的独特气质。如果一个人在有
生之年逐渐有了自我意识，能够用理性分析自己曾经的错误判断，那
就是真正的成长与蜕变，是个人独特而又有价值的经验，非常值得写
入作文中。

阅读是一种孤独

阅读的感觉难以比拟。

它有些像吃。对于头脑来说，渴望阅读的时刻必定虚怀若谷。假如脑袋装得满满当当，不断溢出香槟酒一样的泡沫，不论这泡沫是泛着金黄的铜彩还是热恋的粉红，都不宜于阅读，尤其是阅读名著。

头脑需嗷嗷待哺，像荒原上觅食的狼。人愈是年轻的时候，愈是贪吃。随着年龄的增长，我们吃得渐渐地少了，但要求渐渐地精了。我们知道了什么于我们有益，什么于我们无补。我们不必像小的时候，总要把整碗面都吃光，才知道碗底下并没有卧着个鸡蛋。我们以为是碗欺骗了我们，其实是缺少经验。有许多长寿的人，你问他常吃什么食品，他们回答说：什么都吃，并无特殊的禁忌。但有许多东西他们只尝一口，就尖锐地判断出成色。我想寿星老的胃一定都是很坚强的，只有一个坚强的胃才能养活得了一个聪明的脑。读书也是一样，好的书，是人参燕窝熊掌，人生若不大快朵颐，岂不白在世上潇洒走过一回？坏的书，是腐肉砒霜氰化物，浪费了时间贻误了性命。关于读什么书好的问题。要多听老年人的意见，他们是有经验的水手。也许在航道的选择上有趋于保守的看法，但他们对于风暴的预测绝对准确。名著一般多是经过了许多年代的考验，是被大师们的智慧之磨研磨了无数遭的精品。读的时候，像烈火烹油的满汉全席，为大享乐。

它有些像睡。我小的时候，当我忧愁，当我病痛，当我莫名其妙烦躁的时候，妈妈总是摸着我的头说，去睡吧，睡一觉也许就好了。睡眠中真的蕴藏着奇妙的物质，起床的时候我们比躺下时信心倍增。阅读是一种精神的按摩，在书页中你嗅得见悲剧的泪痕，摸得着喜剧的笑靥，可以看清智者额头的皱纹，不敢碰撞勇士鲜血淋淋的创口……当合上书的时候，你一下子苍老又顿时年轻。菲薄的纸页和人所共知的文字只是由于排列的不同，就使人的灵魂和它发生共振，为精神增添了新的钙质。当我们读完名著的最后一个字时，仿佛从酣然梦幻中醒来，重又生机盎然。

> "一下子苍老"是在书中的岁月体验让你一下子苍老，"顿时年轻"是精神上的愉悦，读完好书令人马上"生机盎然"，充满活力。这些感觉，跟"睡一觉"的感觉相似。

它有些像搏斗。阅读的时候，我们不断同书的作者争辩。我们极力想寻出破绽，作者则千方百计把读者柔软的思绪纳入他的模具。在这种智力的角斗中，我们往往败下阵来。但思维的力度却在争执中强硬了翅膀。在读名著的时候，我常常在看上一页的时候，揣测下一页的趋势。它们经常同我的想象悬殊甚远。这时候我会很高兴，知道自己碰上了武林中的高手。大师们的著作像某一流派掌门人的秘籍，记载着绝世的功法。细细研读，琢磨他们的一招一式，会在潜移默化中悟出不可言传的韵律。只是江湖上的口诀多藏之深山传之密室，各个学科大师们的真迹却是唾手而得。由于它的廉价和平凡，人们常常忽视了它的价值。那是古往今来人类最智慧的大脑留给我们的结晶啊！我一次次在先哲们辉煌的思辨与精湛的匠艺面前顶礼膜拜，我一次次在无与伦比的语言搭配之下惊诧莫名……我战胜自己的怯懦不断地阅读它们，勇敢地从匍匐中站起。我知道大师们在高远的天际微笑着注视着后人，他们虽然灿烂却已经凝固。他们是秒表上固定了的纪录，是一根不再升高的横杆。今人虽然暗淡，但我们年轻。作为阅读者，我们还处在生命的不断蜕变之中，蛹里可能飞出美丽的蝴蝶。在阅读中，我们被征服。我们在较量中蓬勃了自身，迸发出从未有过的力量。

阅读是一种孤独。几个人共看一本书，那只是在极小的时候争抢连环画。它同看电影看录像听音乐会是那样的不同。前者是一块巨大的生日蛋糕可以美味地共享，后者只是孤灯下的一盏清茶，只可独啜，倾听一个遥远的灵魂对你一个人的窃窃私语。他在不同的时间对不同的人说过同样的话，但你此时只感觉他在为你而歌唱。如果你不听，他也不会恼，只会无声地从书页里渗出悲悯的叹息。你啪地合上书，就把一代先哲幽禁在里面。但你忍不住又要打开它，穿越历史的灰尘与他对话。

阅读名著不可以在太快乐的时光。人们在幸福的时候往往读不进书。快乐是一团粉红色的烟雾，易使我们的眼睛近视。名著里很少恭维幸运的话语，它们更多是苦难之蚌分泌的珍珠。

阅读名著也不可在太富裕的时刻。阅读其实是

把阅读的感觉比作"吃""睡""搏斗"，把抽象的阅读具象化，化深奥为浅显，把阅读与日常生活联系起来，易于让人接受。阅读是作者与智力的角斗。阅读时，我们的思维往往不如作者缜密和深刻，但通过与作者的交流、碰撞，我们思维的力度会得到进一步提升。

"孤灯""一盏清茶""独啜"无不点染出一个人阅读的时候孤单却温暖享受的感受。只有孤独阅读，才能"倾听"到遥远灵魂的"窃窃私语"；只有孤独阅读，才能感受到"他在为你而歌"；只有孤独阅读，才会忍不住看下去，与书中的先哲精神交流。

人在快乐的时候，很容易失去冷静的心态和客观的视角，对名著当中所包含的真知灼见往往就会视而不见。

思索的体操,富裕的膏脂太多时,脑子转动得就慢
了。名著多半是智者饿着肚子时写成的,过饱者是
不大读得懂饥饿的文字的。真正的阅读,可以发生
在喧嚣的人海,也可以坐落在冷峻的沙漠。可以
在灯红酒绿的闹市,也可以在月影婆娑的海岛。无
论周围有多少双眼睛,无论分贝达到怎样的嘈杂,
真正的阅读注定孤独。那是一颗心灵对另一颗心灵
单独的锤击,那是已经成仙的老爷爷特地为你讲的
故事。

赏析

　　作者写此文基于自己的大量的阅读,把自己大量的阅读体验提炼
出来,达到理性的高度,引发了读者的共鸣。

　　全文分为两个部分,第一个部分由"阅读的感觉难以比拟"总
起,接着连用三个比喻,"有些像吃""有些像睡""有些像搏斗",把
抽象的阅读感觉形象化、具体化。"有些像吃"生动地写出读书要读
好书读名著才能读出感觉;"有些像睡"生动地写出读名著带给人们
的精神愉悦和享受;"有些像搏斗",则写出深度阅读获得的感觉。第
二个部分由"阅读是一种孤独"总起。有了前面的铺垫蓄势,"阅读
是一种孤独"一气呵成,"真正的阅读注定孤独"。

　　结尾点明,"真正的阅读"可以在任何地方任何环境,两个"无
论",一个"注定",强调了真正的阅读一定是孤独的,不管多少人关
注,不管多么热闹,真正的阅读是单独的心灵的锤击,是单独的心灵
的冲击和锤炼,是"特地"为你讲的故事。

　　文字生动形象又凝练丰富,把阅读的感受谈得淋漓尽致,也把名
著对人们的精神上智慧上的提升谈得深刻透彻。全文结构清晰,逻辑
分明,层层深入,娓娓而谈,字里行间充满了情感,值得读者借鉴。

读书使人优美

优美在字典上的意思是：美好。

做一个美好的人，我相信是绝大多数人的心愿。除了心灵的美好，外表也需美好。为了这份美好，人们使出了万千手段。比如刀兵相见的整容，比如涂脂抹粉的化妆。为了抚平脸上的皱纹，竟然发明了用肉毒杆菌的毒素在眉眼间注射，让我这个曾经当过医生的人，胆战心惊。

其实，有一个最简单的美容之法，却被人们忽视，那就是读书啊！

读书的时候，人是专注的。因为你在聆听一些高贵的灵魂自言自语，不由自主地谦逊和聚精会神。即使是读闲书，看到妙处，也会忍不住拍案叫绝……长久的读书可以使人养成恭敬的习惯，知道这个世界上可以为师的人太多了，在生活中也会沿袭洗耳倾听的姿态。而倾听，是让人神采倍添的绝好方式。所有的人都渴望被重视，而每一个生命也都不应被忽视。你重视了他人，魅力就降临在你的双眸了。

读书的时候，常常会会心一笑，那些智慧和精彩，那些英明与穿透，让我们在惊叹的同时拈页展颜。微笑是最好的敷粉和装点，微笑可以传达比所有的语言更丰富的善意与温暖。有人觉得微笑很困难，以为是一个如何掌控面容的技术性问题，其实不然。不会笑的人，我总疑心是因为书读得不够广博和投入。

书是一座快乐的富矿，储存了大量的浓缩的欢愉因子，当你静夜抚卷的时候，那些因子如同香氛蒸腾，迷住了你的双眼，你眉飞色舞，中了蛊似地笑了起来，独享其乐。也许有人说，我读书的时候，时有哭泣呢! 哭，其实也是一种广义的微笑，因为灵魂在这一个瞬间舒展，尽情宣泄。告诉你一个小秘密：我大半生中的快乐累加一处，都抵不过我在书中得到的欢愉多。而这种欣悦，是多么地简便和利于储存啊，物美价廉重复使用，且永不磨损。

> 将读书的"愉悦"这种无形的情绪具象化，它集简便、利于储存、物美价廉、重复使用和永不磨损等多种优点集于一身，生动形象地论证了读书让人优美的中心论点。

读书让我们知道了天地间很多奥秘，而且知道还有更多奥秘，不曾被人揭露，我们就不敢用目空一切的眼神睥睨天下。你在书籍里看到了无休无止的时间流淌，你就不敢奢侈，不敢口出狂言。自知是一切美好的基石。当你把他人的聪慧加上你自己的理解，恰如其分地轻轻说出的时候，你的红唇就比任何美丽色彩的涂抹，都更加光艳夺目。

你想美好吗? 你就读书吧。不需要花费很多的金钱，但要花费很多的时间。坚持下去，持之以恒，优美就像五月的花环，某一天飘然而至，簇拥你颈间。

赏析

这是作者又一次高明的选材范例。读书这个话题是一个再老不过的话题，有写读书重要的，有说读书方法的，有从反面说不读书的恶果的。作者却从一个女性的视野选择了"读书使人优美"这样一个新颖却有富有哲理的话题，让人的阅读感受变得全新而美好。

这篇文字本身就是优美的，也能让读这篇文字的人感受到作者所讲的"读书使人优美"的道理。用词优美："神采倍添""静夜抚卷""拈页展颜""眉飞色舞""睥睨天下""飘然而至"等都是绝美的词语，让文章的文采倍添。修辞优美：文中运用了修辞性的文字既有毕淑敏作品中一贯的朴实的哲理，又有一份诗意和美好。

结构方面，这是一篇比较典型的议论文，作者一开始由人们最熟悉的形象美容说起，进而由浅入深，明确提出中心论点：读书使人优美。再设计了"读书专注倍添魅力""读书体悟获得欢愉""读书自知不会轻狂"三个分论点，最后用"坚持读书就一定能优美"来强调和深化了中心论点。文章结构井然，层次清晰。

淑女书女

假若刨去经济的因素，比如想读书但无钱读书的女子，天下的女人，可分成读书和不读书两大流派。

我说的读书，并不单单指曾经上过小学中学大学硕士博士，读过一本本的教材。严格地讲起来，教材不是书。好像司机的学驾驶和行车、厨师的红白案和刀功一样，是谋生的预备阶段，含有被迫操练的意味。

我说的读书，基本上也不包括报纸和杂志，虽然它们上头都印有字，按照国人"敬惜字纸"的传统，混进了书的大范畴，那些印刷品上，多是一些速朽的信息，有着时尚和流行的诀窍。居家过日子的实用性是有的，但和书的真谛，还有些差异。

好书是沉淀岁月冲刷的砂金，很重，不耀眼，却有保存的价值。它是地球上曾经生活过的那些智慧的大脑，在永远逝去之前自立下的思维照片。最精华的念头，被文字浓缩了，好像一锅灼热久远的煲汤，濡养着后人的神经。

> 连用两个比喻，将书比作砂金和煲汤，内涵隽永。一方面写出了书与金和汤一样，具有沉甸甸和浓郁的价值，另一方面，"砂"和"煲"暗指要收获这种价值的不易，需要披沙拣金，需要文火细炖。

书对于女人的效力，不像睡眠。睡眠好的女人，容光焕发。失眠的女人，眼圈乌青。读书的女人和不读书的女人，在一天之内是看不出来的。

书对于女人的效力，也不像美容食品。滋润得好的女人，驻颜有术。失养的女人，憔悴不堪。读清风朗月水滴石穿，内容上写出了读书效力的产生需要时间的积累。在结构上承接上文书与睡眠及美容食品效力的比较。同时将书比喻微波，内涵丰富，强调书对于心灵的震荡作用。

书的女人和不读书的女人，在三个月之内，也是看不出来的。

日子是一天天地走，书要一页页地读。清风朗月水滴石穿，一年几年一辈子地读下去。书就像微波，从内向外震荡着我们的心，徐徐地加热，精神分子的结构就改变了，成熟了，书的效力凸显出来。

读书的女人，更善于倾听，因为书训练了她们的耳朵，教会了她们谦逊。知道这世上多聪慧明达的贤人，吸收就是成长。

读书的女人，更乐于思考。因为书开阔了她们的眼界，拓展了原本纤细的胸怀。明白世态如币，有正面也有反面。一厢情愿只是幻想。

读书的女人，更勇于决断。因为书铺排了历史的进程，荟萃了英雄的业绩。懂得万事有得必有失，不再优柔寡断贻误战机。

读书的女人，更充满自信。因为书让她们明辨自己的长短，既不自大，也不自卑。既然伟人们也曾失意彷徨，我们尽可以跌倒了再爬起来，抖落尘灰向前。

读书对于女人性格的完善、优秀品质的形成的意义。用了拟物和比喻的手法，如说纤细的胸怀，将抽象的胸怀具象化；将困难比作尘灰，表达了读书的女人在挫折面前的自信。

读书的女人，较少持续地沉沦悲苦，因为晓得天外有天乾坤很大。读书的女人，较少无望地孤独惆怅，因为书是她们招之即来永远不倦的朋友。读书的女人，较少怨天尤人孤芳自赏，因为书让你牢记个体只是恒河沙粒沧海一粟。读书的女人，较少刻毒与卑劣，因为书中的光明，日积月累浸染着节操鞭挞着皮袍下的"小"……

"淑"字，温和善良美好之意。好书对于女人，是家乡的一方绿色水土。离了它，你自然也能活。但与书隔绝的日子，心无家园，半生过下来，女人就变得言语空虚眼神恍惚心地狭窄见识短浅了。

淑女必书女。

"淑"字总结读书对女子修养提升的重要性。将好书比作绿色水土，告诉我们书就是我们的心灵家园，切不可让田园荒芜。

赏析

本文是论说读书对女子性格完善、修养形成的重要性。这本是个非常枯燥的话题，但是作者的论说思路很是巧妙：先分析何谓真正的读书——不是命运的强迫，也不是时尚和流行；然后再告诉我们书的效用只有日积月累才会产生，实际上是对急功近利者的一种告诫；接着全面论证了书对于女子的重要性，最后借用了一个能体现社会主流价值对女子期待的词汇——淑女，说明淑女和书女的关系，然后顺理成章，引出主题。

本文语言平实，但含蓄隽永。北大教授陈平原认为，一个人若两个星期不读书，当躺在床上依然能够睡得着的时候，那就表明他和这个世界妥协了。所以读书意味着对平庸世界的抗拒；而这篇文章告诉我们，如果你不读书不读好书，那么你就和平庸的自己妥协了。

教养的证据

教养是个高频词。时下，如果说某人没教养，就是大批评大贬义了。如果说一个女人没教养，简直就如同说她是三陪小姐了。

什么叫教养呢？词典上说是"文化和品德的修养"，但我更愿意理解为"因教育而养成的优良品质和习惯"。

一个人可以受过教育，但他依然是没有教养的。就像一个人可以不停地吃东西，但他的肠胃不吸收，竹篮打水一场空，还是骨瘦如柴。不过这话似乎不能反过来说——一个人没有受过系统的教育，他却能够很有教养。

比喻，让教育和教养的区别一目了然。更突显出教养是比教育更高的追求。

教养不是天生的。一个小孩子如果没有人教给他良好的习惯和有关的知识，他必定是愚昧和粗浅的。当然，这个"教"是广义的，除了指入学经师，也包括家长的言传身教和环境的耳濡目染。

教养和财富一样，是需要证据的。你说你有钱不成，得拿出一个资产证明。教养的证据不是你读过多少书，家庭背景如何显赫，也不是你通晓多少礼节规范，能够熟练使用刀叉会穿晚礼服……这些仅仅是一些表面的气泡，最关键的证据可能有如下若干。

热爱大自然。把它列为有教养的证据之首，是因为一个不懂得敬畏大自然，不知道人类渺小的人，必是井底之蛙，与教养谬之千里。这也许怪不得他，因为如果不经教育，一个人是很难自发地懂得宇宙之大和人类的微薄的。没有相应的自然科学知识，人除了显得蒙昧和狭隘以外，注定也是盲目傲慢的。之所以从小就教育孩子要爱护花草，正是这种伟大感悟的最基本的训练。若是看到一个成人野蛮地攀折林木，通常人们就会毫不迟疑地评判道——这个人太没有教养了。可见教养和绿色是紧密地联系在一起。懂得与自然协调地相处，懂得爱护无言的植物的人，推而广之，他多半也可能会爱惜更多的动物，爱护自己的同类。

　　一个有教养的人，应该能够自如地运用公共的语言，表达自己的内心并同他人交流，并能妥帖地付诸文字。我所说的公共语言，是指大家——从普通民众到知识分子都能理解的清洁和明亮的语言，而不是某种狭窄的土语俚语或者某特定情境下的专业语言。这个要求并非画蛇添足，在这个千帆竞发的时代，太多的人，只会说他那个行业的内部语言，只会说机器仪器能听懂的语言，却不懂得和人亲密地交流。这不是一个批评，而是一个事实。和人的交流的掌握，特别是和陌生人的沟通，通常不是自发产生的，是要通过学习和练习来获得的。一个没有受过教育的人，他所掌握的词汇是有限和贫乏的，除了描绘自己的生理感受，比如饿了、渴了、睡觉以及生殖的欲望之外，他们对于自己的内心感知甚为模糊，因为那些描述内心感受的词汇，通常是抽象和长于比兴的。不通过学习，难以明确恰当地将

把热爱大自然列为教养的证据之首，意在提醒大家要开阔眼界，不做井底之蛙。本段首先提出了热爱大自然是教养的首要证据的观点，然后从反面论述了不敬畏自然的人，会因蒙昧狭隘、盲目傲慢而给人以缺乏教养的印象，最后从正面论述了懂得与自然和谐相处的人，才会充满爱心，从而具备最基本的教养。典型的正反对比论证。

它表达出来。那些虽然拥有一技之长，但无法精彩地运用公共语言这种神圣的媒介，来沟通和解读自我心灵的人，难以算是一个有教养的人。技术是用来谋生的，而仅仅具有谋生的本领是不够的。就像豺狼也会自发地猎取食物一样，那是近乎无须教育也可掌握的本能。而人，毫无疑问的应比豺狼更高一筹。

一个有教养的人，对历史有恰如其分的了解，知道身而为人，我们走过了怎样曲折的道路。当然，教养并不能使每个人都像历史学家那样博古通今，但是教养却能使一个有思考爱好的人，知晓我们是从哪里来，要到哪里去。教养通过历史，使我们不单活在此时此刻，也活在从前和以后，如同生活在一条奔腾的大河里，知道泉眼和海洋的方向。

> 如同前一段的敬畏自然一样，了解历史也是为了让我们眼界开阔、胸怀宽广。

一个有教养的人，除了眼前的事物和得失以外，他还会不由自主地想到他远大的目标。教养把人的注意力拓展了，变得宏大和光明。每一个个体都有沉没在黑暗峡谷的时刻，当你跋涉和攀援中，虽然伤痕累累，因为你具有的教养，确知时间是流动的，明了暂时与永久。相信在遥远的地方，定有峡谷的出口，那里有瀑布在轰鸣。

一个有教养的人，特别是女人，对自己的身体，有着亲切的了解和珍惜之情。知道它们各自独有的清晰的名称，明了它们是精致和洁净的，身体的每一部分都有着不可替代的功能，并无高低贵贱的区别。她知道自己的快乐和满足，有很大的一部分是建筑在这些功能灵敏的感知上和健全的完整上的。她也毫无疑义地知道，她的大脑是她的身体的主宰。她不会任由她的器官牵制她的所作所为，她是清醒和有驾驭力的。她在尊重自己身体的同时，也尊重他人的身体。在尊重自我的权利的同时，也尊重他人的权利。在驰骋自我意志的骏马时，也精心维护着他人的茵茵草地。

一个有教养的人，对人类种种优秀的品质，比如忠诚、勇敢、信任、勤勉、互助、舍己救人、临危不惧、吃苦耐劳、坚贞不屈……充满敬重、敬畏、敬仰之心。不一定每一个人都能够身体力行，但他们懂得爱戴和歌颂。人不是不可以怯懦和懒惰，但他不能把这些陋习伪装成高风亮节，不能由于自己做不到高尚，就诋毁所有做到了这些的人是伪善。你可以跪在泥里，但你不可以把污泥抹上整个世界的胸膛，并因此煞有介事地说到处都是污垢。

有教养的人知道害怕。知道害怕是件有意义有价值的事情。它表示明了自己的限制，知道世上有一些不可逾越的界限。知道世界上有阳光，阳光下有正义的惩罚。由于害怕正义的惩罚，因而约束自我，是意志力坚强的一种体现。

有教养的人知道仰视高山和宇宙，知道仰视那些伟大的发现和人格，知道对于自己无法企及的高度表达尊重，而不是糊涂地闭上眼睛或是居心叵测地嘲讽。

> 三个"知道"，结构上是对前文多段"有教养的证据"简明扼要的总结，行文上更给人一种排山倒海、无可辩驳的气势。

教养是不可一蹴而就的。教养是细水长流的。教养是可以遗失也可以捡拾起来的。教养也具有某种坚定的流传和既定的轨道性。教养是一些习惯的总和，在某种程度上，教养不是活在我们的皮肤上，是繁衍在我们的骨髓里。教养和遗传几乎是不相关的，是后天和社会的产物。教养必须要有酵母，在潜移默化和条件反射的共同烘烤下，假以足够的时日，才能自然而然地散发出香气。教养是衡量一个民族整体素质的一张 X 光片子。脸面上可以依靠化妆繁花似锦，但只有内在的健硕，才经得起冲刷和考验，才是力量的象征。

赏析

　　文章用"总—分—总"的结构，阐述了"教养需要养成""教养可以证明"的道理。文章主体部分运用了排比方式，讲述了"一个有教养的人"应具备的品德和素质。最后一段运用比喻的修辞手法，将"教养"比作"X 片子"，形象地阐述了国民教养与民族整体素质的关系。突出了国民的教养对于国家（民族）的整体素质的重要性。

第五辑

被爱照亮的生命

友　情

现代人的友谊很坚固又很脆弱。它是人间的宝藏，需要我们珍爱。

友谊的不可传递性，决定了它是一部孤本的书。我们可以和不同的人有不同的友谊，但我们不会和同一个人有不同的友谊。友谊是一条越掘越深的巷道，没有回头路可以走的，刻骨铭心的友谊也如仇恨一样，没齿难忘。

比喻，将友谊比作孤本的书和越掘越深的巷道，前者形象地体现了友谊的不可复制性，后者进一步论证了友谊的深入人心。

友情这棵树上只结一个果子，叫作信任。红苹果只留给灌溉果树的人品尝。别的人摘下来尝一口，很可能酸掉了牙。

友谊之链不可继承，不可转让，不可贴上封条保存起来而不腐烂，不可冷冻在冰箱里永远新鲜。

友谊需要滋养。有的人用钱，有的人用汗，还有的人用血。友谊是很贪婪的，绝不会满足于风餐露宿。友谊是最简朴同时也是最奢侈的营养，需要用时间去灌溉。友谊必须述说，友谊必须倾听，友谊必须交谈的时刻双目凝视，友谊必须倾听的时分全神贯注。友谊有的时候是那样脆弱，一句不经意的言辞，就会使大厦顷刻倒塌。友谊有的时候是那样容易变质，一个未经证实的传言，就会让整盆牛奶变酸。

连续使用前后矛盾的词语"简朴"与"奢侈"，"述说"与"倾听"等，将抽象的友谊进行了形象的描述，生动地表现出友谊的多重性及独特性。

这个世界日新月异。在什么都是越现代越好的年代里，唯有友谊，人们保持着古老的准则。朋友就像文物，越老越珍贵。

礼物分两种，一种是实用的，一种是象征性的。

我喜欢送实用的礼物。

不单是因为它可为朋友提供服务功能，更因为我的利己考虑。

此刻我们是朋友，十年以后不一定是朋友。

就算你耿耿忠心，对方也许早已淡忘。

速朽的礼物，既表达了我此时此刻的善意，又给予朋友可悦目、可哈哈一笑或是凝神端详的价值，虽是一次性的，也留下美好的瞬间，我心足矣。

象征久远意义的礼物，若是人家不珍惜这份友谊了，留着就是尴尬。或丢或毁，都是物件的悲哀，我的心在远处也会颤抖。

若是给自己的礼物，还是具有象征意义的好。比如一块石子、一片树叶，在别人眼里那样普通，其中的美妙含义只有自己知晓。

电话簿是一个储存朋友的魔盒，假如我遇到困难，就要向他们发出求救信号。一种畏惧孤独的潜意识，像冬眠的虫子蛰伏在心灵的旮旯。人生一世，消失的是岁月，收获的是朋友。虽然我有时会几天不同任何朋友联络，但我知道自己牢牢地黏附于友谊网络之中。

利害关系这件事，实在是交友的大敌。我不相信有永久的利益，我更珍视患难与共的友谊。长留史册的，不是锱铢必较的利益，而是肝胆相照的情分，和朋友坦诚地交往，会使我们留存着对真情的敏感，会使我们的眼睛抹去云翳，心境重新开朗。

朋友是一本书，读通了就成为知己。不论朋友间的关系如何，彼此间的那点应有的尊敬总是不可少的。若是到了互无敬意，不注重礼貌和分寸的地步，误会与摩擦也就发生了。

不要希望每个人都是你的朋友，要用吸引力去结交朋友。用施舍恩惠或阿谀的方法求朋友、爱朋友、喜欢朋友，不如用诚意对待朋友，不要依赖朋友，不要苛求朋友，人世间最美好的莫过于有几个头脑清醒和心地正直的朋友。

朋友是能够原谅对方细小过错的人。那些并不想有意识接近你的人，最有可能是你真正的朋友。朋友不会阻止你的路，除非看到你走下坡路。假朋友就像自己的影子，在光明中，他跟着你，步入阴暗处，他立即就离去。

在人生的过程中，既无朋友又无敌人的人，是既无才能又无力量的人。如果不去结交朋友，那处境是可以想象的孤单。找朋友的唯一方法就是自己先成为别人的朋友。

文章从抽象的友谊写到实实在在的交友，作者从交友态度、交友方法、真假朋友辨识、交友误区等方面进行论述，内容全面，也富有哲理、发人省醒，具有极大的现实意义。

朋友一旦失去，就等于经历了一次死亡。与老朋友取得联系，结交新的朋友，就等于重新获得了生命。热情能够得到较多的朋友，但远不如冷静更能保持朋友。

请朋友做事，须以名誉为限，为朋友做事，亦须以名誉为限。

赏析

选材：友谊是一个永恒的话题，选择友谊这个题目写成一篇具有思辨性的文字是需要深刻的思想的；友谊又是一个抽象的话题，作者能将这样一个话题写得深入浅出，是厚积薄发的功力所在。任何一个作家，不能只有一双码字的手，而首先应该有一颗智慧的头颅和善感的心。

语言：这篇文章的语言有两大特点，即生动性和哲理性。生动性，要将抽象的情感写实写活，必须用到大量的比喻、拟人、排比，同时又要恰到好处而非只追求表面的辞藻华丽；哲理性，文章具有一定的人生指导和哲理作用，很多语言可以独立成格言，这是作家长期高品质思维的结晶。

结构：作者一开头就提出中心论点：人们必须珍爱友谊。接着论述了珍爱友谊的原因，珍爱友谊的方法，再具体论述了交友的方法和送礼的方式，最后强调了友谊的基石是名誉和道德，文章层层深入，论述全面而发人深省。

家　问

家是什么?家会很小很小,螺蛳壳是蜗牛的家。家会很大很大,宇宙是星星的家。家会很轻很轻,像一粒浮尘,被人一指弹掉,不留一丝痕迹;家会很重很重,像一座铅山,压在肩上,寸步难行。家会很快乐很幸福,像一眼不老的喜泉;家会很凄凉很悲壮,像一汪深不可测的泪潭。

问年轻人:家是什么?他们回答:家是粉红色的玫瑰,有刺更有蕾。家是甜蜜的吻,热烈的拥抱,柔情似水的情话和思念时的邮票。问中年人:家是什么?他们回答:家是心灵与肉体的港湾,能停泊万吨巨轮也能栖息独木小舟。家是无私的付出和接纳,家是脱去疲劳的热水澡。家是一个苹果你一大口我一小口。家是一副重担,我愿这边的力臂短,你那边的力臂长。

问老年人:家是什么?他们回答:家是黄昏湖边的搀扶,家是灯下互相剪去丝丝白发。家是一件旧风衣,风也是它,雨也是它。家是虽非一见钟情却望白头偕老的漫漫旅程,家是幕前的一支黄菊。问孩子,家是什么?他们回答:家是妈妈柔软的手和爸爸宽阔的肩膀,家是100分时的奖励和不及格时的斥骂。家是可以耍赖撒谎当皇帝,也得俯首听命当奴隶的地方,家是既让你高飞,又用一根线牵扯的风等。问情人，家是什么？他们回答：家是舔着伤口的两只狼，家是荷尔蒙的汹涌分泌。家是一日不见如隔三秋。家是猜忌、争执、思念、指责的杂耍场。家是枕边泪窗前月，家是今夜你会不会来？

问养家的人：家是什么？他说：家是勋章，你挂在胸前，别人也看不见。家是暗地里逼你不断挣钱的鞭子，直抽得你遍体鳞伤。问弃家的人：家是什么？她说：家是一种能力，一种学习。我自忖无力从那里毕业，就中途逃亡了。问无家的人：家是什么？他说：家是羁绊，家是约束，家是熄灭人创造激情的沼泽地，家是一种奢侈的糜费。问恋家的人，家是什么？她说：家是树上的喜鹊窝，纵然世界毁灭了，只要有家在，依然有一切。问恨家的人，家是什么？他说：家是爱情的终点，家是英雄气短的坟墓，家是累赘，家是负担，家是你挂在你项上的枷锁，家是你自卖自身的契约。

> 从年龄的角度来谈论不同年龄的人对于家的不同理解。

> 从不同身份、不同心态的人的角度来谈家的内涵。

我不知世上还有另外的场所，会如此众说纷纭，褒贬不一。纵观家庭，是大千世界的缩影，人们在家中卸去重要角色的面具，露出天然嘴脸，最坦率，最赤裸，人性的善与丑，方寸之间，纤毫毕现。一代伟人，能制裁好一个国，未必能调理好一个家。能统帅千军万马的将军，可能是妇孺裙衩下的败军。

有人认为家是最自由最放任的所在，可以放荡不羁，其实家是最考验责任感的圣坛。对一个托付终身的人，都无法负起责任，你还能承诺他人的期嘱吗？连自己的一脉血缘都不能照料和抚育，你还能爱国爱民吗？在家中我们看到了太多太多的丑恶。对亲人施暴的人，不可能对他人仁慈。在家中阴郁的人，不可能对太阳微笑，在家中诡计多端的人，不可能真诚的对待友人。在家中粉饰虚伪的人，不可能直面惨淡的人生。

家在作者眼里成了一面镜子，考验着人性，家是最容易暴露人性丑恶的地方。

如果没有准备好，请不要撕下走进家庭的门票，如果没有爱自己也爱别人的能力，请不要构造家庭的地基。许多人抱着从家庭掠取资源的动机，匆匆为自己寻一个可供汲取能力的后勤仓库。殊不知家庭不是无中生有变出魔力的黑斗篷。

家庭的温暖，先要无私无偿的培养和付出，然后才像春草，毛茸茸的生长起来。一旦失去了爱情的滋养，再稳固的家也很快风化，爱的力量有时很巨大，有时贫瘠，全看你是否以心血浇灌。

家庭里如果没有神圣感，请别要孩子。家庭缔结之时，并不是简单男女人数相加，而是诞生了另样的结构，一个崭新的物种，这个物种的花朵和果实，就是孩子。

一花一世界，一家一宇宙。婴儿降临世上，家是包裹他的蛹壳。倘若家中住满健康的爱的花粉，他就吮吸着它用爱的字样构建着自己的听觉嗅觉知觉，渐渐的酿成心中小小的蜜饯。在爱中长大的孩子，爱是他的羽，爱是他的长矛。在爱中蓬勃成长的孩子，他看天下就比较的勇敢，他看前途，就比较的光明，他看事物就比较的冷静，他看死亡就比较的坦然。

在纷乱和丑恶的气氛中成长的孩子，是伪劣家庭的痛苦产品。他们在家中最先看到并习惯的待人处世经验，是破碎流离和粗暴残酷。他们是那样幼小，缺乏分辨的能力，以为这就是人世间的模型，当他们走进社会的时候，会不由自主的以不良家庭模式对待他人，将紊乱和不协调传染到更远的范畴。更令人惊惧的是，来自不完美家庭的孩子们，彼此具有病态的吸引力，仿佛冥冥中有一块恶作剧的磁石，牵引性格有缺陷的男女，格外同病相怜，迫不及待走到一起。病态中的家庭，如履薄冰，全是悲剧。如果不能卓有成效的打断铰链，这种会伤人的家庭，就像顽强的稗草，代代相传，贻害无穷。

> 两段形成对比。在爱中长大的孩子健康、阳光；在"伪劣"的家庭中长大的孩子会形成对家的错误认识，并将错误的家庭模式传递给下一代。家会"伤"人，也会"伤"社会。家必须为孩子和社会负责。

家可以很单纯，一个人也是一个完整的家，家可以很复杂，整个地球是一个共同的屋顶。

家啊，是理解、奉献、思念、呵护，是圣洁、宽容、接纳、和谐，是磨合、欣赏、忠诚、沟通，是心心相印、浪漫曲折、生死相依、海角天涯。

赏析

本文是对养家者的鼓励、弃家者的劝勉、恨家者的训诫，是对不能善待家庭、逃避责任的人的批驳，尤其从孩子的角度出发揭示了不以爱为养料的家庭对孩子带来的深刻的伤害，从而告诉我们家的真正内涵，帮助我们树立正确的家庭观。

本文在写作上有很多值得借鉴的地方。论述的客观性：作者并不一味地宣扬家的美好，而是客观地看到我们在享受美好的同时也必然会承担家庭的责任，有时候甚至是负担，在享受家的温暖的同时也不得不接受家庭所带来的限制，正因为有这样公允的视角才使得作者的论述更显真诚，更具有说服力。论述的多角度、多层次性：作者从不同年龄、不同身份、不同心态来罗列了对于家的林林总总的认识，有正面阳光的认知，也有负面消极的认识，尤其是单列几段，从孩子的角度来论述家庭对于孩子成长的影响，反映出作者对于周遭的体察，对于家的深刻思考。在表现手法上，作者还善于运用正反对比的方式来突出主旨，文中两次运用对比，第一处出现在不同年龄、不同身份的人对于家的积极与消极的认识，通过这一对比体现出对家的认识的多样性，同时也揭示出许多人不能正确的对待家庭的原因。第二处对比出现在文末，作者为了论述家庭对于孩子成长的重要性，从正反两个面来表现什么样的家庭将会培育出什么样的孩子，从而达到让读者认识到健康的家庭对于孩子的重要性的目的，这样的方式是非常具有说服力的。

儿子的创意

儿子在家里乱翻我的杂志。突然说："我准备到日本旅游一次。"因为他经常异想天开，我置之不理。

"异想天开"与"置之不理"形成对比，也为后文故事的发展张本。

他说："咦，你为什么不表态？难道不觉得我很勇敢吗？"

我说："是啊是啊，很勇敢。可世上有些事并不单单是勇敢就够用。比如这件事吧，还得有钱。"

他很郑重地说："这上面写着，举办一个有关宗教博物馆建筑的创意征文比赛。金牌获得者，免费到日本观光旅游。"说着，把一本海外刊物递给我。

我看也不看地说："关于宗教，你懂得多少？关于建筑，你懂得多少？金牌银牌历来都只有一块，多么激烈的争夺。你还是好好做功课吧。"

"看也不看"用得极妙，写出了"我"的武断与主观。

他毫不气馁地说："可是我有创意啊。比如这个博物馆里可以点燃藏香，给人一种浓郁的宗教气氛。比如这个博物馆里可以卖斋饭，让参观的人色香味立体地感受宗教。比如这个博物馆里可以播放佛教音乐，您从少林寺带回的药师菩萨曲。听的时候就让人感到很宁静。比如……"

我打断他说："别比如了，像你这样布置起来，我想起了旧社会的天桥。人家征的是建筑创意，要像悉尼的贝壳状大歌剧院，有独特的风格。我记得你小时候连积木都搭不好，还奢谈什么建筑！"

"我"的武断、缺乏耐心与儿子的耐心形成鲜明对比。极好地为后面故事的发展，作了铺垫。

儿子精彩的创意和"我"主观的判断再次形成对比。"不客气地打断"形象地写出了"我"作为家长的强势。

儿子的不服气和有条有理的反驳，刻画了一个独立个性的孩子形象。对"好成绩"的强调，则侧面解释了为什么自己一而再而三地阻止儿子的创意。

十几岁的儿子好脾气，不理睬我的挖苦。自语道："在地面挖一个巨大的深坑，就要一百米吧，然后把这个博物馆盖在底下……"

我说："噢，那不成了地下宫殿？"

儿子不理我，遐想着说："博物馆和大地粗糙的岩石泥土间要留有空隙，再用透明的建筑材料砌成外墙，这样参观的人们时时刻刻会感到土地的存在，产生一种神秘感。从底下向阳光明媚的地面攀升，会有人的自豪感。地面部分设计成螺旋状的飞梯，象征着人类将向宇宙探索……"他在空中比划了一个上大下小的图形。

我不客气地打断他："挖到地下那么深的地方，会有矿泉水涌出来，积成一个火山口样的湖泊。你想过没有？再说什么样的建筑材料，可以长久地保持你所要求的透明度？还有你设计的飞梯，空中的螺旋状，多么危险！反正我是不敢上这种喇叭形梯子的。还有……"

儿子摆摆手说："妈妈，您说的问题都是问题。不过那是工程师们需要解决的问题，不关我的创意。妈妈，您知道什么是创意吗，那就是最富于创造性的意见啊。"

我叹了一口气说："好了，随你瞎想好了。不过我要提醒你一句，对于一个学生来说，我以为最好的创意莫过于一个好成绩了。"

儿子在电脑上完成了他的创意。付邮之前，我说："可以让我看看你的完成稿吗？"

他翻了我一眼说："您是评委吗？"

我只好一笑了之。

很长时间过去了，在我们几乎将这事淡忘的时候，儿子收到了一个写着他的名字并称他为"先生"的大信封。

他看了一眼地址，是那家征文发起部门寄来的。儿子对我说："妈妈，猜猜信里有什么？"

我说："一封感谢信。所有的投稿者都会得到的回答。"

儿子说："我猜是一张飞往东京的机票。"

我们拆开信，里面是一张请柬，邀请儿子到海外参加发奖仪式。

儿子苦恼地说："现在赶去也来不及了。再说他们也没说清我是不是获奖者。"

我说："还不死心啊？邀请你参加发奖，已是天大的面子。我想，这同我们这儿的电视剧友情出演一样，烘托气氛，以壮声威。是助兴之举。"

儿子思忖着说："妈，您说这发奖会不会像奥斯卡奖一样，给所有可能获奖的人都发请柬，到时候再突然宣布谁是真正的得主？"

我说："一个建筑奖恐怕不会像电影奖那样张扬。别想那么多了，重要的在于你已参与。"

儿子皱起眉头说："参与固然重要，得奖也很重要。"

我说："对于你现在最重要的是做作业。"

当我们把这件事完全忘记的时候，接到了征文举办部门的第二封信。

信中说，我的儿子没能去参加那天隆重的发奖仪式，他们深感遗憾。儿子得了创意银牌奖，奖牌及奖金他们设法转来。

儿子放学回来，还没摘书包，我就把信给他。

有趣的母子对话。儿子担心的是时间来不及和以什么身份去，"我"则依照社会经验来世故地判断。

谜底揭开，儿子获得了银奖，儿子前面的"异想天开"获得了很重要的肯定，这无形当中也是对如"我"一样的家长的功利育儿的思想的否定。

他看了一眼，然后淡淡地说："银牌啊？我想我是该得金牌的。一定是他们觉得我年岁小，一个人到日本去不方便。商量了一下就说，算了，给他个银牌吧。"

我瞠目结舌。停了一会儿才问他："你为什么这么想到日本去呢？"

他立时来了精神，兴致勃勃地说："日本的游戏机最好玩了，我去了就可以买一台回来玩啊。"

赏析

这是一篇读后让人深思的文章，文章通过一个简单的故事——儿子参加一个日本的建筑创意比赛的经过，让我们思考我们面对这个世界的态度，思考我们传统的家庭教育。

文章很好地使用了对比和欲扬先抑的手法。母子对参加比赛、创意内容、获奖的三次对比，很好地展现了家长的世故与孩子的率真。通过对比，我们更能明白为什么孩子具有创意而大人却创意尽失。文章前半部分一直欲扬先抑，说儿子的性格，说参赛的种种难处……最后谜底揭开，儿子获奖。前面所有的描写都为后面谜底的揭开蓄势。

结尾的精妙是另一个值得称道的地方。看似意料之外，实则意料之中。这种随性和自然，才是儿童最重要的天性。但是我们的教育更多是一种规则和刻板，扼杀了少年的天性，使他们丧失了创意的冲动和能力。结尾关于游戏机淡淡的一句，让文章再起波澜，却也通过这个细节点出了文章的本质。

蓝色萝卜

有一天，我到商场的玩具柜台，为朋友的孩子过生日准备一份礼物。因总是拿不定主意，挑来选去的很费时间，便听到了如下一番谈话。

一位老妇人，在卖橡皮泥的柜台，转了好几个圈，神色有几分茫然。嘴里小声嘟囔着，哟，这才几年不见，橡皮泥已经变得这样豪华了，好的要上百块钱一套了，记得早先，几毛钱就能买一版，什么颜色都有的……

正值中午，买东西的人不多，女售货员挺清闲的，就同顾客聊开了天儿。

哎，我说这位大姐，您那是什么时候的皇历了？几毛钱一版？少说也是三十年前的事了。现在的橡皮泥，三十六色，花哨着呢，还附带模型，您是想要麦当劳的食品型，还是白垩纪的恐龙型？您叫孙子把橡皮泥往模型里这么一按，再一磕出来，就什么都妥帖了，跟真的一模一样。

那老妇人现出不好意思的神态，说：我不是给孙子买的，是给儿子买的。

售货员并不因自己说差了而尴尬，很快接着话茬儿说，看您这年纪，儿子怕也有三十了吧？您还这么惦记着他，真是个好妈妈啊！

老妇人点点头说，是啊，他大学毕业，已经工作多年了。她边说，边拿起售货员递来的样品，很仔细地端详后，把附有模型的橡皮泥向柜台里面推了推说，我不要这种千篇一律的东西，要那种自己可以随心所欲地发挥创造性的橡皮泥。

售货员热情而久经世故的脸上出现了几丝迷惘，连我也听得起了好奇之心，用余光打量起老人。她衣着很普通，第一印象，几乎要把她归入家庭妇女范畴。但这结尾的话，让人得修改初衷，确认她是受过良好文化熏陶的知识女性。想来那儿子，也已是成年的知识分子。那么，这玩具的意义何在呢？

售货员不愧见多识广，在短暂的愕然之后，很快就重现成竹在胸的神色，缩窄了喉咙，同情地说，哦，我明白了。您的儿子精神上……是不是有点……那个……我接待过这样的顾客，是安定医院的大夫，也是不要带模型的橡皮泥，因为对病人的思维和手的活动帮助不大，简装的橡皮泥，反倒实用。病人们可以像孩子一样瞎捏，尽情地发挥想象力。听说从他们捏的玩意里，还能推断出病情好坏呢……

售货员嘴快手也快，把带有麦当劳和恐龙图案的大盒橡皮泥，麻利地收起来，递过一种色彩艳丽的简装橡皮泥。

老妇人很感激地看着售货员，轻声道着谢，然后细察新品种的成色。

售货员充满同情地叹了一口气。老人露出不很中意的样子说，基本还可以吧，只是有没有更多一些的呢？

售货员恍然大悟道，是这样啊，那我们还有大桶装的，都是专给幼儿园团体购买预备的，够一个班小朋友捏着玩了。说着，她从柜台角落拖出一个铁皮桶，看起来分量不轻。

老妇人再次察看，脸上终于露出满意的笑容，说，谢谢你啦。我儿子个子很高，手也很大，手指也粗，那些专为娃娃预备的橡皮泥，对他来讲，太精巧了。这种正合适。

老妇人交了钱，把售货员为她精心捆好的橡皮泥桶抱着，预备离去。售货员向她扬扬手说，您老多保重吧。看得出，您那么爱自己的儿子，他得了这样的病，您一定特难过。

老妇人开心地笑了，露出一口极为洁白的牙齿。虽然按她的岁数推算，这是假牙，仍让人感到她按捺不住的快乐。她说，谢谢你的关心。不过我的儿子并没有什么病，他很好，很健康，是个很棒的电脑工程师。

目瞪口呆的不仅是那位热心的售货员，还有在一旁偷听的我。谜团没有解开，越结越死。

老妇人说，事情是这样的。

我儿子小的时候，手很巧。我给他买回各种各样的玩具，让他开发智力。有一次，我买了橡皮泥，就是你说的那种老掉牙的货色——只有十二色的一小盒。他用它们捏小鸭子、小轮船，活灵活现的。有一天，他捏了一个大萝卜，圆圆的，大大的，红红的，上面还长着翠绿的缨子。我喜欢极了，还有骄傲和自豪。我把这个萝卜小心地带到单位，让同事们看。大家都说这不是那么小的孩子能捏出来的，没准是哪个工艺师随手的小品。我听了以后，心中甜似蜜呀。回到家后，儿子跟我要那个萝卜。我说，干

> 通过写老妇人选择橡皮泥的过程到最终购买"大桶装的"，"够一个班的小朋友捏着玩了"写出橡皮泥的多，再次写出老妇人的与众不同。

> 行文至此，全文以橡皮泥为线索，环环相扣，一个个情节如葡萄串在一起。结构严谨，逻辑性强。

吗呀？他毫不在意地说，把它毁了，重捏啊。红色的归到剩下的红泥堆里，绿的归绿的。我很可惜地说，那这个萝卜不就没了吗？他睁大天真的眼睛说，可那些橡皮泥还在啊，我还可以捏别的呀。我说，不成，过几天，就是"六一"儿童节，单位里要是组织展览，这个萝卜就是上好的展品。你不能把它毁了，我要留作纪念。

儿子很听话，不再要回他捏的萝卜了。过了一段日子，他悄悄问，你们单位开过展览会了吗？我说，今年没开。你问这个干什么？他说，我想要回那个萝卜，让它回到我那一堆各色的橡皮泥里，这样，我就可以捏其他的东西了。我不耐烦地说，这个萝卜我还想留着呢。你该捏什么就捏吧。儿子又怯生生地说，妈妈，你能不能再给我买一盒新的橡皮泥呢？我说，为什么？原来那盒不是挺好的吗？儿子说，那个萝卜走了，它的颜色就不全了。我敷衍地说，好吧，哪天我得空了，就给你买。那阵子，我一直很忙。更主要的是不把孩子的请求当回事，总是忘。孩子问过几次，我心里烦，就说，你想捏什么就捏什么好了，颜色有什么要紧的？大模样像了就成。我儿子很乖，从此，他再也不提橡皮泥的事情了。

大约半年后的一天，我下班回家，在桌子上，看到了儿子用橡皮泥捏的新作品。我不知是不是他特地摆在那儿的——一个胡萝卜，身体是蓝色的，叶子是黑色的。

我当时应该警醒的，可惜忙于工作，不愿分心，就装作什么也没有看到。

从此，儿子再不捏橡皮泥了，我也渐渐把这件事淡忘了。直到他长大成人，几十年当中，我们都再没提过橡皮泥这个词。

前几天搬家，从尘封的旧物中滚出一个铁蛋似的东西，我捡起一看，原来是那个蓝色的萝卜。谁也不知道它是怎样被保存下来的。我把它放在手心，还感到儿子当年的无奈。我从中听到了强烈的抗议和热切的渴望。我想赎回我当年的粗暴和虚荣，想完成我曾经答应过的承诺……

这一部分运用插叙，交代老妇人为何给成年的儿子买橡皮泥，这段也是小说的高潮部分，点明了主题。

她说到这里，头深深地埋下了，花白的头发像一帘幕布，遮住了她的眼睛。

一个细节描写，使用比喻句，老妇人的自责溢于言表。

老妇人抱着橡皮泥桶，缓缓地走了。我也随之选定了一件礼物，离开了商场。我决定，在送给小朋友生日礼物的同时，送给他的妈妈一个故事。

只听得售货员在后头喃喃地低语，谁知她的儿子还记得这回事不？会原谅他妈妈吗？

用问句的形式结尾，引人深思。

赏析

文章从生活中最寻常的"买礼物"入手，精准提炼出隐藏在这平凡下的一丝不寻常之处，揭开一位母亲买橡皮泥行为下蕴含的深意——"我想赎回我当年的粗暴和虚荣，想完成我曾经答应过的承诺。"

从人物描写方法来看，作者主要刻画了这位母亲的神态、动作、语言，对那位售货员的语言的描写也是十分精细的。

在整个行文过程中，作者并未掺杂过多的自己的观点，只是以旁观者的角度，借用母亲之口，用插叙的叙事手法，巧妙设置悬念，巧妙释疑。作者没有用过多的语言对整个事件作主观的判断，而是让读者自己体味，但我们仍能从中感到作者情感的触动。

带白蘑菇回家

妈妈爱吃蘑菇。

到青海出差,在幽蓝的天穹与黛绿的草原之间,见到点点闪烁的白星。

那不是星星,是草原上的白蘑菇。

从鸟岛返回的途中,我买了一袋白蘑菇,预备两天后坐火车带回北京。

回到宾馆,铺下一张报纸,将蘑菇一柄柄小伞朝天,摆在地毯上,一如它们生长在草原时的模样。

小姐进来整理卫生,细细的眉头皱了起来。我忙说,我要把它们带回去送给妈妈。小姐就暖暖地笑了,说您必须把蘑菇翻个身,让菌根朝上,不然蘑菇会烂的。草原上的白蘑菇最难保存。

听了小姐的话,我让白蘑菇趴在地上,好像晒太阳的小胖孩,温润而圆滑地裸露在空气中。上火车的日子到了。小姐帮我找来一只小纸箱;用剪刀戳了许多梅花形的小洞,把白蘑菇妥妥地安放进去。

进了卧铺车厢,我小心翼翼地把纸箱塞在床下。对面一位青海大汉说,箱子上捅了那么多的洞,想必带的是活物了。小鸡?小鸭?怎么没听见叫?天气太热,可别憋死了。

我说,带的是草原上的白蘑菇,送给妈妈。

他轻轻地重复，哦，妈妈……好像这个词语对他已十分陌生。半晌他才接着说，只是你这样的带法，到不了兰州，蘑菇就得烂成污水。

我大惊失色地说，那可怎么办？

他说，你在卧铺下面铺开几张纸，把蘑菇晾开，保持通风。

我依法处置，摆了一床底的蘑菇。每日数次拨弄，好像育秧的老农。蘑菇们平安地穿兰州，越宝鸡，直逼郑州……不料中原一带，酷热无比，车厢内闷热如桑拿浴池，令人窒息。青海汉子不放心地蹲下检查，突然叫道：快想办法！蘑菇表面已生出白膜，再捂下去，就不能吃了！

我束手无策。大汉二话不说，把我的白蘑菇，重新装进浑身是洞的纸箱。我说，这不是更糟了？他并不解释，三下五除二，把卧铺小茶几上的水杯食品拢成一堆，对周围的人说：烦请各位把自家的东西，拿到别处去放，腾出这个小桌来放小箱子。箱子里装的是咱青海湖的白蘑菇，她要带回北京给妈妈。我们把窗户开大，让风不停地灌进箱子，蘑菇就坏不了啦。大家帮帮忙，我们都有妈妈。

人们无声地把面包、咸鸭蛋和可乐瓶子移开，为我腾出了一方洁净的桌面。

> 青海大汉热心帮"我"想办法让蘑菇保鲜，车厢中的人们也对"我"的孝心表示无声的赞同和支持。

风呼啸着。郑州的风，安阳的风，石家庄的风……穿箱而过。白蘑菇黑色的血液，渐渐被蒸发了。

终于，北京到了。我拎起蘑菇箱子同车友们告别，对大家说，我代表自己和妈妈谢谢你们！

大家说，你快回家去看妈妈吧。

由于路上蒸发了水分，白蘑菇比以前轻了许多。

青海大叔和其他车友的共同愿望就是，帮"我"为母亲尽孝，让母亲尝到最新鲜的蘑菇。

我走得很快，就要出站台的时候，青海汉子追上我，说：有一件很要紧的事，忘了同你交代——白蘑菇炖鸡最鲜。

妈妈喝着鸡汤说，青海的白蘑菇味道真好！

赏析

文章标题"带白蘑菇回家"简单明了。文章开门见山，且作者并没有花太多的笔墨在买蘑菇上，而是详细描写了送蘑菇回家的艰辛而令人感动的过程。在这个过程中，作者又着重描写了酒店小姐和火车上的青海大叔帮助我的事，也用了一句话写了车厢里所有旅客的帮助，写出了人们的好心和善意，用现象映出本质，发人思考。

旅游带东西回家很正常，作者是带东西给自己的母亲。这很普通，也很特别，试问有多少人出行会惦记着自己的父母？小姐的提醒、青海大叔的帮助、乘客的配合是因为"我"带白蘑菇回家给妈妈的行动也触动了他们内心的那柔软的弦——对母亲的爱。

这篇文章除了在记叙情节上很有特色，许多的细节描写又锦上添花。比如在描写白蘑菇的外形时，用了比喻的修辞："在幽蓝的天穹与黛绿的草原之间，见到点点闪烁的白星……那是草原上的蘑菇"和"将蘑菇一柄柄小伞朝天"，都自然而然地表现出白蘑菇的小巧玲珑和令人爱不释手的情态。"闷热如桑拿浴池"也用了比喻，生动形象地写出了车厢里的热，为下文"我"和青海大叔保护白蘑菇和车厢里车友们的好心帮助作了铺垫。全文贯穿着浓浓的对母亲的爱和社会人士的善良、热心。

回家去问妈妈

　　那一年游敦煌回来，兴奋地同妈妈谈起戈壁的黄沙和祁连的雪峰。说到在丝绸之路上僻远的安西，哈密瓜汁甜得把嘴唇粘在一起……

　　安西！多么遥远的地方！我在那里体验到莫名其妙的感动。除了我，咱们家谁也没有到过那里！我得意地大叫。

　　一直安静听我说话的妈妈，淡淡地插了一句：在你不到半岁的时候，我就怀抱着你，走过安西。

　　我大吃一惊，从未听妈妈谈过这段往事。

　　妈妈说你生在新疆，长在北京。难道你是飞来的不成？以前我一说起带你赶路的事情，你就嫌烦。说知道啦，别再啰嗦。

　　我说，我以为你是坐火车来的，一件司空见惯的事情。

　　妈妈依旧淡淡地说，那时候哪有火车？从星星峡经柳园到兰州，我每天抱着你，天不亮就爬上装货卡车的大厢板，在戈壁滩上颠呀颠，半夜才到有人烟的地方。你脏得像个泥巴娃娃，几盆水也洗不出本色……

　　我静静地倾听妈妈的描述，才知道我在幼年时曾带给母亲那样的艰难，才知道发生在安西的感动源远流长。

　　我突然意识到，在我和最亲近的母亲之间，潜

妈妈的表现与我形成对比。"一直安静听我说话""淡淡地插了一句"，貌似平淡，实则准确地刻画了妈妈性格，也为后文作者揭示主旨作了铺垫。

"抱""爬""颠"等动词的使用，再现那幅艰难的场景。

伏着无数盲点。

我们总觉得已经成人，母亲只是一间古老的旧房。她给我们的童年以遮避，但不会再提供新的风景。我们急切地投身外面的世界，寻找自我的价值。全神贯注地倾听上司的评论，字斟句酌地印证众人的口碑，反复咀嚼朋友随口吐露的一滴印象，甚至会为恋人一颦一笑的涵义彻夜思索……我们极其在意世人对我们的看法，因为世界上最困难的事莫过于认识自己。

我们恰恰忘了，当我们环视整个世界的时候，有一双微微眯起的眼睛，始终在背后凝视着我们。那是妈妈的眼睛啊！

我们幼年的顽皮，我们成长的艰辛，我们与生俱来的弱点，我们异于常人的禀赋……我们从小到大最详尽的档案，我们失败与成功每一次的记录，都贮存在母亲宁静的眼中。

她是世界上第一个认识我们的人。我们何时长第一颗牙？我们何时说第一句话？我们何时跌倒了不再哭泣？我们何时骄傲地昂起了头颅？往事像长久不曾加洗的旧底片，虽然暗淡却清晰地存放在母亲的脑海中，期待着我们将它放大。

所有的妈妈都那么乐意向我们提起我们小时的事情，她们的眼睛在那一瞬露水般的年轻。我们是她们制造的精品，她们像手艺精湛的老艺人，不厌其烦地描绘打磨我们的每一个过程。

我们厌烦了。我们觉得幼年的自己是一件半成品，更愿以光润明亮、色彩鲜艳、包装精美的成年姿态，出现在众人面前。

于是我们不客气地对妈妈说：老提那些过去的

议论、抒情承上文叙述而来，点出了我们之所以会忽视父母的根本。对最亲近的母亲的漠视和对生活中其他对象的重视，形成鲜明的对比。最后将母亲对孩子的关注具化为一双微微眯起的眼睛，既形象，又准确。

事，烦不烦呀？别说了，好不好？

　　从此，母亲就真的噤了声，不再提起往事。有时候，她会像抛上岸的鱼，突然张开嘴，急速地扇动着气流……她想起了什么，但她终于什么也没有说，干燥地合上了嘴唇。我们熟悉了她的这种姿势，以为是一种默契。

> "噤"一词，"抛上岸的鱼"的比喻，准确形象地传递出了母亲不能说的那份无可奈何。比喻之后的形象描摹，不仅"比"得精巧，而且"喻"得形象。

　　为什么怕听母亲讲过去的事情？是不愿承认我们曾经弱小？是不愿承载亲人过多的恩泽？我们在人海茫茫世事纷繁中无暇多想，总以为母亲会永远陪伴在身边，总以为将来会有某一天让她将一切讲完。

　　在一个猝不及防的刹那，冰冷的铁门在我们身后戛然落下。温暖的目光折断了翅膀，掩埋在黑暗的那一边。

　　我们在悲痛中愕然回首，才发现自己远远没有长大。

　　我们像一本没有结尾的书，每一个符号都是母亲用血书写。我们还未曾读懂，著者已撒手离去。从此我们面对书中的无数悬念和秘密，无以破译。

　　我们像一部手工制造的仪器，处处缠绕着历史的线路。母亲走了，那唯一的图纸丢了。从此我们不得不在暗夜中孤独地拆卸自己，焦灼地摸索着组合我们性格的规律。

　　当那个我们快乐时，她比我们更欢喜；当我们忧郁时，她比我们更苦闷的人，头也不回地远去的时候，我们大梦初醒。

　　损失了的文物永不能复原，破坏了的古迹再不会重生。我们曾经满世界地寻找真诚，当我们明白最晶莹的真诚就在我们身后时，猛回头，它已永远熄灭。

　　我们流落世间，成为飘零的红叶。

趁老树虬髯的枝丫还郁郁葱葱时，让我们赶快跑回家，去问妈妈。

问她对你充满艰辛的诞育，问她独自经受的苦难。问清你幼小时的模样，问清她对你所有的期冀……你安安静静地偎依在她的身旁，听她像一个有经验的老农，介绍风霜雨雪中每一穗玉米的收成。

一定要赶快啊!生命给我们的允诺并不慷慨，两代人命运的云梯衔接处，时间只是窄窄的台阶。从我们明白人生的韵律，距父母还能明晰地谈论以往，并肩而行的日子屈指可数。

给母亲一个机会，让她重温创造的喜悦。给自己一个机会，让我深刻洞察尘封的记忆。给众人一个机会，让他全面搜集关于一个人一个时代的故事。

在春风和煦或是大雪纷飞的日子，赶快跑回家，去问妈妈。让我们一齐走向从前,寻找属于我们的童话。

题目设置的悬念终于揭开，"回家去问妈妈"是一句形象的表达，本质是与父母的亲近、沟通与交流。作者没有空洞的说教，同样是以形象的细节和比喻来表达想法。

赏析

关于和父母亲近，关于理解懂得父母……这一类文章如果没有具体的事例，容易陷入空洞的说教。这篇文章却独辟蹊径，将自己的思想融汇在精当的比喻和细节描绘之中，让人情不自禁地听作者娓娓道来。

文章结构非常简单，从生活中的琐事引出，再由具体事件上升到一般概括，从什么样再到为什么，最后诗意结尾，强化了中心。

比喻句的使用是这篇文章的亮点。一个个精巧的比喻，无累赘重复之感，新奇形象地传递出对象的特点和人物的内心状态。而对比手法的运用，也是文章写作技巧上的一大特色。文章多处对比，我与母亲，我对待旁人与对待母亲……对比的使用，让读者对"漠视母亲"感受更为强烈,很好地为文章后半部分表达自己的观点作了有益的铺垫。

妈妈的饺子

好受不如倒着，好吃不如饺子。

前半句我以为是极正确的，后半截则"英雄"所见不同。世上比饺子好吃的东西多了去了。但父母是正宗的山东人，有一种对饺子的崇拜。如果是长久地吃不上饺子，哪怕是天天山珍海味，也是够可怜的。

谚语开头，直奔主题。

包饺子太麻烦。不是所有的菜都可以做馅，只有那些辛辣芳香的才好入选，例如韭菜、茴香。这种菜多叶嫩须长，需要"择"。"择"是很费时间的。掐去黄叶，裁掉老根……单调枯燥的过程把人的耐力磨得菲薄。未及开始，就已厌倦。当然也有不需要"择"的菜，比如扁豆，但要先烫后剁；比如西葫芦，要擦丝拧水……

如今有了绞肉机，肉馅的细碎已不用愁（涮涮刀刃和料桶，也挺伤脑筋），就不去说它了。

然后是和面。因为偶尔为之，软了硬了就没个谱。好在硬了加水，软了揣面，补救起来并不难。直到那面的轮廓较之预定的面积要大出几圈，这道工序才告结束。然后给它蒙上一块湿布，等着它"醒"，好像它是一只冬眠的熊。

"好像它是一只冬眠的熊"，把和好的面比作冬眠的熊，含有对和好的饺子面的喜爱和珍视。

该往肉馅里打水了。要顺时针方向搅缠，偷工减料可不行。直到手腕子像坠了铅镯子，才算勉强合格。

终于可以包了。

揪面剂子可是个技术活。妈妈总说不能用刀切，有铁锈气。我想不通，平日吃的菜和面条不都要沾铁吗？为什么彼粗放而此细腻？也许由此衬托出饺子的高贵。

丈夫管前期备料，我承包后期工程。他揪面剂子的手艺不灵，波动频繁。你说剂子小了，他就扔下两个大的，你说大了大了，他马上又撕两个极小的……不知是谦虚还是成心捣蛋。在我们的不断反馈调整中，饺子们三世同堂。

丈夫擀皮的技艺也不敢恭维，最大的缺陷是不圆。按剂子的左手拇指过于执着，使面皮的某一局部受力过重。面皮在他递给你的时候，似乎完美无缺。包时稍一抻拽，就像成熟的石榴一般裂开，只不过露出的是绿色内容物。

怎么办呢？再擀一张大面页子，把破了的饺子像个婴儿似的包裹起来，亡羊补牢，犹未晚也。只是这种双簧饺子没人爱吃，又不容易熟。

我就打补丁，在饺子的破处再粘上一小块面。当时看着还算妥帖，煮时依旧脱落。不是原装的，一遇到考验，就出现间隙。

每逢包到临近收尾，心情就渐渐紧张。怕馅多了面少了之类供需失调的矛盾。馅多了需重新和面，面多了就拉成几根面条，胡乱丢进最后的开水。

好不容易一个个包得了饺子，又需一锅锅煮。饥肠响如鼓，谁煮谁就最后吃。这乃是家庭生活中考验人的时刻。一般由我领衔主演。

> 用一句心理描写，来表现饺子的与众不同，可从中看出饺子在妈妈心中的特殊且重要的地位。

> 以"丈夫"揪面剂子、擀面皮的笨拙和"我"包饺子的纰漏来表现包饺子的不易，从而为后文表现"妈妈"包饺子娴熟的技术作铺垫。

煮饺子是有讲究的。开盖煮皮捂盖煮馅……每次口中念念有词，好像一道符咒。

往锅里点上个三四回水，饺子就可以捞在盘里了。再把忙中偷闲剥好的蒜瓣、调好的醋汁一并摆上桌，才算大功告成。

饺子不能煮得太轻，菜叶直直地站在饺子皮里，吃下去会拉肚子的。也不能煮得太过，烂成菜泥，就是婴儿食品了。

还有许多的小讲究，比如"挤"的饺子比包的饺子好吃。"挤"是用两手的拇指和食指合力一卡，使皮和馅的排列发生结构性的重组，浑然一体。吃时整体感很好。这是山东人的专利，非得高手才行，一般人不在行。

> 单列一段来浓重地推出"挤"这一项技术，显示出"挤"饺子的效果和技术难度，与文末相照应。

吃饺子多么的烦琐！它是家庭餐饮业中的豪举，是主妇功课里的长篇小说。非得有大精力大准备才敢操练，两个人还得同舟共济，鼎力齐心。

于是便不再吃饺子。当然过春节时不在此例，再忙也要图个吉利。

我的妈妈在石家庄。有一天石家庄来人，说你妈托我带给你一样东西。

我解开塑料袋，掏出一个盒子。解开盒盖……

满满一饭盒饺子！

老人家半夜起来和面剁馅，忙了半天。煮好后又用凉开水涮过，确保不粘了，这才装盒。从石家庄带到北京，600里地呢！

> 对"妈妈"包饺子、煮饺子时间和程序以及路途的强调，表现出"妈妈"的拳拳爱女之心。

来人说。

片刻间，我的泪水像海潮似的涨出眼眶。当着外人，不好意思落泪，强笑着说，我妈也真是的，又不是旧社会，几百里路给我捎饺子，以为我饥寒交迫呢！

那人紧盯着我说，快咬一个尝尝！你妈一会儿怕咸了，一会儿怕淡了，念叨不停。

我赶快吃了一个饺子，可什么滋味都没尝出来。喉咙口很热，像有一块火红的炭卡在那里，其他感觉也抵不过那热。

用"一块火红的炭卡在那里"的比喻恰当地表现了当时"我"吃到妈妈包的饺子时哽咽的感受。

"不咸，也不淡，正好。"我说。

你妈说你好可怜，连顿饺子都吃不上。那人说。

我父亲已经去世了，只剩下妈妈一个人。我们在遥远的地方，无以尽孝道，妈妈还这样关怀着早已成年的女儿。在凄清的绝早，一个人披衣起身，孤零零地擀皮孤零零地包……一次只能擀几张皮，多了一个人包不过来，就皱了。妈妈是极讲究饺子质量的，这许多饺子她一定包了很久很久……也许她会先拿小锅，煮几个尝尝……她总说我的口味比她重，一定是自己觉得咸淡适中了，又加上一把盐……过后想想，又怕咸了，心中不安……

对"妈妈"包饺子时的环境、心态的揣摩极为细致，这样细致的想象是建立在对母亲深刻的了解之上的，更是建立在深厚的母女情的基础之上的。

我过两天就回石家庄，我跟你妈说，你特喜欢吃她包的饺子。来人很周到地对我说。

"别！可千万别！"我慌得急不择言，"你就跟我妈说，说饺子从石家庄带到这儿，路太远，都馊了。没法吃了。"

不能吧？那人狐疑地俯下身，闻了闻。说，除了香味，没别的味呀！

"我"反其道而说之，是对母亲的体恤，是母女深情的别样的体现。

我说："求求你，就这么说。不然我妈以后还会带饺子来。"

他停了好一会，说，就依你吧。

那盒饺子个个囫囵滚圆，是典型的"挤"饺子。

赏析

　　本文是一首母爱的赞歌，文中"妈妈"对女儿的牵挂爱怜之心，通过一个个精美可口的饺子鲜明地呈现在读者面前，让人为母爱的细腻、深远而动容。

　　本文多处采用了大词小用的手法，例如"前期备料"、"承包后期工程"、"三世同堂"、一遇到"考验"，就出现"间隙"、"结构性的重组"、家庭餐饮业中的"豪举"，主妇功课里的"长篇小说"等词语，把日常生活中包饺子这样稀松平常的事情说得郑重其事，不仅有令人会心一笑的效果，更重要的作用是由这些词语可以看出包饺子对于"我"来说是一件难事，由此衬托出母亲浓浓的爱。不仅如此，文中还适时插入了精妙的比喻，如"好像它是一只冬眠的熊""直到手腕子像坠了铅镯子""把破了的饺子像个婴儿似的包裹起来"等，是非常生动形象化的表达，为文章注入了俏皮的元素，但读完整篇文章之后又会让读者感受到这笑中是含着泪的。

　　本文在结构的安排上也比较有特点，文章被鲜明地区分为两个部分，第一部分按照包饺子的工序，详细介绍每一道工序中的困难，这些描述看似与"妈妈"没有多大的关系，但前面的详述是为了后一部分"妈妈"为"我"包饺子而铺垫，为后文传递出"我"的蓬勃的情感而蓄势。若没有前文的铺陈，后文就欠缺了感动，因此前文看似无关紧要的赘述，实则对表达情感至关重要。

青虫之爱

我有一位闺中好友，从小怕虫子。不论什么品种的虫子都怕。披着蓑衣般茸毛的洋辣子，不害羞地裸着体的吊死鬼，一视同仁地怕。甚至连雨后的蚯蚓，也怕。放学的时候，如果恰好刚停了小雨，她就会闭了眼睛，让我牵着她的手，慢慢地在黑镜似的柏油路上走。我说，迈大步！她就乖乖地跨出很远，几乎成了体操动作上的"劈叉"，以成功地躲避正蜿蜒于马路的软体动物。在这种瞬间，我可以感受到她的手指如青蛙腿般弹着，不但冰凉，还有密集的颤抖。

> 写女友有极度害怕虫子的心病，引起下文，为下文写她"病"被治好作铺垫。

大家不止一次地想法治她这心病，那么大的人了，看到一个小小毛虫，哭天抢地的，多丢人啊！早春天，男生把飘落的杨花坠，偷偷地夹在她的书页里。待她走进教室，我们都屏气等着那心惊肉跳的一喊，不料什么声响也未曾听到。她翻开书，眼皮一翻，身子一软，就悄无声息地瘫倒在桌子底下了。

从此再不敢锻炼她。

许多年过去，各自都成了家，有了孩子。一天，她到我家中做客，我下厨，她在一旁帮忙。我择青椒的时候，突然从蒂旁钻出一条青虫，胖如蚕豆，背上还长着簇簇黑刺，好一条险恶的虫子。因为事出意外，怕那虫蜇人，我下意识地将半个柿子椒像着了火的手榴弹扔出老远。

待柿子椒停止了滚动，我用杀虫剂将那虫子扑死，才想起酷怕虫的女友，心想刚才她一直目不转睛地和我聊着天，这虫子一定是入了她的眼，未曾听到她惊呼，该不是吓得晕厥过去了吧？

回头寻她，只见她神态自若地看着我，淡淡说，一个小虫，何必如此慌张。

我比刚才看到虫子还愕然地说，啊，你居然不怕虫子了？吃了什么抗过敏药？

女友苦笑说，怕还是怕啊。只是我已经能练得面不改色，一般人绝看不出破绽。刚开始的时候，我就盯着一条蚯蚓看，因为我知道它是益虫，感情上接受起来比较顺畅。再说，蚯蚓是绝对不会咬人的，安全性能较好……这样慢慢举一反三；现在我无论看到有毛没毛的虫子，都可以把惊恐压制在喉咙里。

我说，为了一个小虫子，下这么大的工夫，真有你的。值得吗？

女友很认真地说，值得啊。你知道我为什么怕虫子吗？

我撇撇嘴说，我又不是你妈，怎么会知道啊！

女友拍着我的手说，你可算说到点子上了，怕虫就是和我妈有关。我小的时候，是不怕虫子的。有一次妈妈听到我在外面哭，急忙跑出去一看，我的手背又红又肿，旁边两条大花毛虫正在缓缓爬走。我妈知道我叫虫蜇了，赶紧往我手上抹牙膏，那是老百姓止痒解毒的土法。以后，她只要看到我的身旁有虫子，就大喊大叫地吓唬我……一来二去的，我就成了条件反射，看到虫子，灵魂出窍。

> 作者的两个设问句，激发了读者的兴趣，巧妙地引出了下文。

后来如何好的呢，我追问。依我的医学知识，知道这是将一个刺激反复强化，最后，女友就成了生理学家巴甫洛夫教授的案例，每次看到虫子，就恢复到童年时代的大恐惧中。世上有形形色色的恐惧症，有的人怕高，有的人怕某种颜色，我曾见过一位女士，怕极了飞机起飞的瞬间，不到万不得已，她是绝不搭乘飞机的。一次实在躲不过，上了飞机。系好安全带后，她骇得脸色煞白，飞机开始滑动，她竟号啕痛哭起来……中国古时的"一朝被蛇咬，十年怕井绳"说的也是这回事。只不过杯弓蛇影的起因，有的人记得，有的人已遗忘在潜意识的晦暗中。在普通人看来是微不足道的小事，对当事人来说，痛苦煎熬，治疗起来十分困难。

女友说，后来有人要给我治，说是用"逐步脱敏"的办法。比如先让我看虫子的画片，然后再隔着玻璃观察虫子，最后直接注视虫子……

原来你是这样被治好的啊！我恍然大悟道。

嗨！我根本就没用这个法子。我可受不了，别说是看虫子的画片了，有一次到饭店吃饭，上了一罐精致的补品。我一揭开盖，看到那漂浮的虫草，当时就把盛汤的小罐摔到地上了……女友抚着胸口，心有余悸地讲着。

我狐疑地看了看自家的垃圾桶，虫尸横陈，难道刚才女友是别人的胆子附体，才如此泰然自若？我说，别卖关子了，快告诉我你是怎样重塑了金身？

女友说，别着急啊，听我慢慢说。有一天，我抱着女儿上公园，那时她刚刚会讲话。我们在林荫

"重塑金身"本意为替佛像重新塑造一个身体。在此处意为女友像换了一个人一样，完全改变了从前对虫子的态度，不再害怕虫子。

路上走着，突然她说，妈妈……头上……有……她说着，把一缕东西从我的头发上摘下，托在手里，邀功般地给我看。

我定睛一看，魂飞天外，一条五彩斑斓的虫子，在女儿的小手内，显得狰狞万分。

我第一个反应是像以往一样昏倒，但是我倒不下去，因为我抱着我的孩子。如果我倒了，就会摔坏她。我不但不曾昏过去，神志也是从来没有的清醒。

第二个反应是想撕肝裂胆地大叫一声。因为你胆子大，对于在恐惧时惊叫的益处可能体会不深。其实能叫出来极好，可以释放高度的紧张。但我立即想到，万万叫不得。我一喊，就会吓坏了我的孩子。于是我硬是把喷到舌尖的惊叫咽了下去，我猜那时我的脖子一定像吃了鸡蛋的蛇一样，鼓起了一个大包。

> "我的脖子一定像吃了鸡蛋的蛇一样，鼓起了一个大包"这个比喻，写出了女友强忍着把惊吓吞咽下去的艰难情景。

现在，一条虫子近在咫尺。我的女儿用手指抚摸着它，好像那是一块冷冷的斑斓宝石。我的脑海迅速地搅动着。如果我害怕，把虫子丢在地上，女儿一定从此种下了虫子可怕的印象。在她的眼中，妈妈是无所不能无所畏惧的，如果有什么东西把妈妈吓成了这个样子，那这东西一定是极其可怕的。

我读过一些有关的书籍，知道当年我的妈妈，正是用这个办法，让我从小对虫子这种幼小的物体，骇之入骨。即便当我长大之后，从理论上知道小小的虫子只要没有毒素，实在不值得大惊小怪，但我的身体不服从我的意志。我的妈妈一方面保护了我，一方面用一种不适当的方式，把一种新的恐惧，注入到我的心里。如果我大叫大喊，那么这根恐惧的链条，还会遗传下去。不行，我要用我的爱，将这铁环砸断。我颤巍巍伸出手，长大之后第一次把一只活的虫子，放在手心，翻过来掉过去地观赏着那虫子，还假装很开心地咧着嘴，因为——我女儿正目不转睛地看着我呢！

虫子的体温，比我的手指要高得多，它的皮肤有鳞片，鳞片中有湿润的滑液一丝丝渗出，头顶的茸毛在向不同的方向摆动着，比针尖还小的眼珠机警怯懦……

女友说着，我在一旁听得毛骨悚然。只有一个对虫子高度敏感的人，才能有如此令人震惊的描述。

女友继续说，那一刻，真比百年还难熬。女儿清澈无瑕的目光笼罩着我，在她面前，我是一个神。我不能有丝毫的退缩，我不能把我病态的恐惧传给她……

不知过了多久，我把虫子轻轻地放在了地上。我对女儿说，这是虫子。虫子没什么可怕的。有的虫子有毒，你别用手去摸。不过，大多数虫子是可以摸的……

那只虫子，就在地上慢慢地爬远了。女儿还对它扬扬小手，说"拜拜……"

我抱起女儿，半天一步都没有走动。衣服早已被黏黏的汗水浸湿。

女友说完，好久好久，厨房里寂静无声。我说，原来你的药，就是你的女儿给你的啊。

女友纠正道，我的药，是我给我自己的，那就是对女儿的爱。

赏析

　　文章娓娓道来，叙写了女友因对女儿的爱而战胜了害怕虫子的心理疾病的过程。通过生动的文字，我们感知到文中的女友是位坚强的母亲，她克服了自己害怕虫子的毛病，保护了孩子，为孩子树立了榜样；她是位深爱自己孩子的母亲，为了自己的孩子，做到了自己以前不可能做到的事情；她也是位富有智慧、注重教育方式的母亲，她知道自己在孩子心中的地位，用自己的行动为孩子撑起了一片晴空。

　　回顾题目，青虫之爱，其实就是父母对子女之爱。

孝心无价

听一位研究古文字的教授讲，"孝"这个字在甲骨文里的写法，是一个少年人牵着一位老人的手，慢慢地在走。"孝"字从右上到左下那长长的一撇，便是老人飘荡的胡须……

不知这说法是否为史学家定论，是否无懈可击，但它以一种恒远的温馨，包含着淡淡的苦楚沉淀我心，感到一种人类对自身生命的感怀，一种更为年轻的个体对即将逝去的年华无微不至的关顾与挽留。

"孝"是东方文化灿烂的遗产，但在我们这个国度里，身份却很有几分可疑。和它们比肩的"忠"的地位，则要光辉伟大得多。国家、民族、政党、军队……都是需要"忠"的，而在"忠孝不能两全"这句话的阴影下，"孝"好像成了"忠"的对立面，冰炭不相容。

和忠比起来，孝的范围似乎比较窄。前者面对的是众人，后者大约只包含自己的家人。回顾中国的近代史，国家民族奋战的艰难历程，在浸透血与火的车辙里，难得有"孝"的位置。先驱的革命者，从域外窃得种子，带回这块苦难的大地。他们是有知识的年轻人，之所以曾受到良好的教育享有文化，多半和富裕的家境不可分，但他们义无反顾地向父辈的剥削阵营开火了。在黑暗的日子里，他们一定经历了心灵的分裂与决斗，最终决定背叛自己的阶级。于是在漫长的革命生涯中，他们缄口，不再谈"孝"。

　　参加革命的穷苦人，投了红军，当了八路，上了战场……他们走了，永不回头，但他们的父母留在饥寒交迫之中，饱受欺凌压迫，许多人被敌人残酷地杀害了。革命者不会后悔自己的选择，只有战斗才有胜利，这是唯一正确的道路。但我相信生者的每年中秋，仰望圆圆的明月，低下头都会黯然神伤。尽管有无数的理由，尽管责任完全不在个人，但在潜意识里，他们永不为自己辩解，苛刻地认定自己不孝。于是，他们也拒不谈"孝"。新中国成长起来的这一代人，在他们风华正茂的时候，开始了"文化大革命"。几乎每一个人都向自己的父母造过反。在青春勃发期关心国家大事的同时，意外地从家里找到了火山的爆发口，以自己的父母为第一目标，那时曾多么兴高采烈，遗下的却是永久的悔恨。待到狂潮退去，知识青年上山下乡，凄凉地告别父母，远赴边陲，有的是身不由己的流放感，再没了丝毫选择的余地。即使有谁想到了"父母在，不远游"，在那样的日子里，几乎相当于一句反动口号了。

　　后来他们返城。没有地方住，龟缩在父母的小屋，给已经年迈的父母更添一份烦乱。不要说尽孝了，还要垂垂老矣的父母为自家操心不已。薪水低少，需要父母补贴。没有房子住，和父母挤在一起。无人做饭，父母就是当然的炊事员。孩子无人照管，父母就是最好的保姆……多少次悄悄接过父母接济的银钱，理智上惭愧，手心却跃跃欲试地潮湿。太多的贫困，吞噬掉了儿女的自尊心，如果我们注定

> 写出了忠与孝的两难，特别是在为国家民族奋战的艰难时刻，先驱的革命者们为了"忠"不得不暂时放下"孝"。

得接受馈赠，还是接受来自父母的施舍吧。在我们的内心深处，尚潜伏着一个善良坚定的愿望，爸爸妈妈，终有一天，一切都会好起来。我会将你们付给我的爱，加倍地偿还，让我们一道期待那一天吧。

现在天下太平，人间和睦，世道安宁，人们大胆地可以言孝了。"孝"里当然有糟粕，有可笑以至于可恨的迂腐气息，但其合理的内核却值得我们长久咀嚼。

我不喜欢一个苦孩求学的故事。家庭十分困难，父亲逝去，弟妹嗷嗷待哺，可他大学毕业后，还要坚持读研究生，母亲只有去卖血……我以为那是一个自私的学子。求学的路很漫长，一生一世的事业，何必太在意几年蹉跎？况且这时间的分分秒秒都苦涩无比，需用母亲的鲜血灌溉！一个连母亲都无法挚爱的人，还能指望他会爱谁？把自己的利益放在至高无上的位置的人，怎能成为为人类献身的大师？

我也不喜欢父母重病在床，断然离去的游子，无论你有多少理由。地球离了谁都照样转动，不必将个人的力量夸大到不可思议的程度。在一位老人行将就木的时候，将他对人世间最后的希冀斩断，以绝望之心在寂寞中远行，那是对生命的大不敬。

我相信每一个赤诚忠厚的孩子，都曾在心底向父母许下"孝"的宏愿，相信来日方长，相信水到渠成，相信自己必有功成名就衣锦还乡的那一天，可以从容尽孝。

可惜人们忘了，忘了时间的残酷，忘了人生的短暂，忘了世上有永远无法报答的恩情，忘了生命本身有不堪一击的脆弱。

特殊的时代稍显滞后的"孝"值得我们思考。为后文呼唤行孝作了铺垫。

列举"苦孩求学"和"父母重病在床，断然远去的游子"的例子，认为这是"自私"和"对生命的大不敬"，旗帜鲜明地发表议论表达自己对这样的行为的鄙弃。

父母走了，带着对我们深深的挂念。父母走了，遗留给我们永无偿还的心债。你就永远无以言孝。

有一些事情，当我们年轻的时候，无法懂得。当我们懂得的时候，已不再年轻。世上有些东西可以弥补，有些东西永无弥补。

大段抒情，真挚动人，提醒我们还须及时行孝。

"孝"是稍纵即逝的眷恋，"孝"是无法重现的幸福。"孝"是一失足成千古恨的往事，"孝"是生命与生命交接处的链条，一旦断裂，永无连接。

排比，写出了"孝"的意义重大。

赶快为你的父母尽一份孝心。也许是一处豪宅，也许是一片砖瓦。也许是大洋彼岸的一只鸿雁，也许是近在咫尺的一个口信。也许是一顶纯黑的博士帽，也许是作业簿上的一个红五分。也许是一桌山珍海味，也许是一只野果一朵小花。也许是花团锦簇的盛世华衣，也许是一双洁净的旧鞋。也许是数以亿万计的金钱，也许只是含着体温的一枚硬币……

在"孝"的天平上，它们等值。

只是，天下的儿女们，一定要抓紧啊！趁你父母健在的光阴。

结尾再次呼吁人们及早行孝，深化主旨。

赏析

文章以对"孝"字的理解开头，为人们展现了一幅温暖的景象，可后文却用大篇幅写从古至今不孝的例子，看得人十分苦楚，同时引人深思：我们是不是该为我们的父母做些什么？转念一想，有的只是深深的无奈：父母为我们做得太多太多，以至于我们无能无力。现代人对"孝"不重视、不在意，甚至还唾弃，觉得它迂腐、是糟粕，他们终是忘了"孝"之重要。

对于被大多数人所称赞的"苦孩求学",作者则毫不留情地指出这是自私、绝情的,因为这样得来的成绩对父母并无益处,反而会让他们在最后的时间留下遗憾,"以绝望之心在寂寞中远行",这是对生命的大不敬。

最后作者提醒人们:珍惜现在,尽你的绵薄之力,为父母做一些事情,只要"孝"就好,画龙点睛,点明主题。全文紧扣"孝"这一主题,从不同方面阐述了对"孝"的理解,引人深思,值得为文者借鉴。

爱的回音壁

现今中年以下的夫妻，几乎都是一个孩子，关爱之心，大概达到中国有史以来的最高值。家的感情像个苹果，姐妹兄弟多了，就会分成好几瓣。若是千亩一苗，孩子在父母的乾坤里，便独步天下了。

在前所未有的爱意中浸泡的孩子，是否物有所值，感到莫大幸福？我好奇地问过。孩子们撇嘴说，不，没觉着谁爱我们。

我大惊，循循善诱道，你看，妈妈工作那么忙，还要给你洗衣做饭；爸爸在外面挣钱养家，多不容易！他们多么爱你们啊……

孩子们很漠然地说，那算什么呀！谁让他们当了爸爸妈妈呢？也不能白当啊，他们应该的。我以后做了爸爸妈妈也会这样。这难道就是爱吗？爱也太平常了！

我震住了。一个不懂得爱的孩子，就像不会呼吸的鱼，出了家族的水箱，在干燥的社会上，他不爱人，也不自爱，必将焦渴而死。

可是，你怎样让由你一手哺育长大的孩子，懂得什么是爱呢？从他眼睛接受第一缕光线时，已被无微不至的呵护包绕，早已对关照体贴熟视无睹。生物学上有一条规律，当某种物质过于浓烈时，感觉迅速迟钝麻痹。

如果把爱定位于关怀，随着孩子年龄的增长，对他的看顾渐次减少，孩子就会抱怨爱的衰减。"爱就是照料"这个简陋的命题，把许多成人和孩子一同领入误区。

"误区"在此处有两层含义：一是人们把爱定位于关怀，同时孩子们认为大人对自己的关爱是理所应当的。

寒霜陡降也能使人感悟幸福，比如父母离异或是早逝。但它是灾变的副产品，带着天力人力难违的僵冷。孩子虽然在追忆中，明白了什么是被爱，那却是一间正常人家不愿走进的课堂。

孩子降生人间，原应一手承接爱的乳汁，一手播洒爱的甘霖，爱是一本收支平衡的账簿。可惜从一开始，成人就间不容发地倾注了所有爱的储备，劈头盖脑砸下，把孩子的一双手塞得太满。全是收入，没有支出，爱沉淀着，淤积着，从神奇化为腐朽，反让孩子成了无法感知爱意的精神残疾。

"一本收支平衡的账簿"，表明孩子们接受爱和付出爱应该是平衡的关爱，而不是一味接受；"精神残疾"比喻孩子们在感知爱意上的残缺。

我又问一群孩子，那你们什么时候感到别人是爱你的呢？

没指望得到像样的回答。一个成人界都争执不休的问题，孩子能懂多少？比如你问一位热恋中的女人，何时感觉被男友所爱？回答一定光怪陆离。

没想到孩子的答案晴朗坚定。

我帮妈妈买醋来着。她看我没打了瓶子，也没洒了醋，就说，闺女能帮妈干活了……我特高兴，从那会儿，我知道她是爱我的。翘翘辫女孩说。

我爸下班回来，我给他倒了一杯水，因为我们刚在幼儿园里学了一首歌，词里说的是给妈妈倒水，可我妈还没回来呢，我就先给我爸倒了。我爸只说了一句，好儿子……就流泪了。从那次起，我知道他是爱我的。光头小男孩说。

我给我奶奶耳朵上夹了一朵花，要是别人，她才不让呢，马上就得揪下来。可我插的，她一直戴着，见着人就说，看，这是我孙女打扮我呢……我知道她最爱我了……另一个女孩说。

我大大地惊异了。讶然这些事的碎小和孩子铁的逻辑。更感动他们谈论时的郑重神气和结论的斩钉截铁。爱与被爱高度简化了，统一了。孩子在被他人需要时，感觉到了一个幼小生命的意义。成人注视并强调了这种价值，他们就感悟到深深的爱意。在尝试给予的同时，他们懂得了什么是接受。爱是一面辽阔光滑的回音壁，微小的爱意反复回响着，折射着，变成巨大的轰鸣。当付出的爱被隆重地接受并珍藏时，孩子终于强烈地感觉到了被爱的尊贵与神圣。

被太多的爱压得麻木，腾不出左手的孩子，只得用右手，完成给予和领悟爱的双重任务。

天下的父母，如果你爱孩子，一定让他从力所能及的时候，开始爱你和周围的人。这绝非成人的自私，而是为孩子一世着想的远见。不要抱怨孩子天生无爱，爱与被爱是铁杵成针百年树人的本领，就像走路一样，须反复练习，才会举步如飞。

如果把孩子在无边无际的爱里泡得口眼翻白，早早剥夺了他感知爱的能力，育出一个爱的低能儿，即使不算弥天大错，也是成人权力的滥施，或许要遭天谴的。

在爱中领略被爱，会有加倍的丰收。孩子渐渐长大，一个爱自己、爱世界、爱人类，也爱自然的青年，便喷薄欲出了。

"爱是一面辽阔光滑的回音壁"照应题目，用比喻的手法生动地表明：爱不仅仅是接受，也是需要付出的。表达了作者对现在的孩子们应该学会爱、懂得爱的呼唤和期望。

从正反两个方面劝告大人：父母如果真正疼爱自己的孩子，就应该从小教会他懂得关爱身边的人，在生活中尽早培养孩子的爱心，并持之以恒，反复训练。否则将会育出一个爱的低能儿。

赏析

　　全文从孩子面对父母之爱的"漠然"写起，指出了成人和孩子"把爱等同于关怀"的认识误区，道出了作者的担忧：现在太多的孩子是独生子女，所以父母过于溺爱孩子，而孩子也因此不懂得关爱身边的人，不了解爱与被爱。并明确向家长们提出，要有意识地给孩子表达的机会，让孩子有爱的支出，感到自己是被他人需要的。

第六辑

与世界温暖相拥

盲人看

　　每逢下学的时候，附近的那所小学就有稠密的人群糊在铁门前，好似风暴前的蚁穴。那是家长等着接各自的孩童回家。

　　在远离人群的地方，有个人倚着毛白杨悄无声息地站着，从不张望校门口。直到有一个孩子飞快地跑过来，拉着他说，爸，咱们回家。他把左手交给孩子，右手拄起盲杖，一同横穿马路。

　　多年前，这个盲人常蹲在路边，用二胡拉很哀伤的曲调。他技艺不好，琴也质劣，音符断断续续地抽噎，叫人听了只想快快远离。他面前的盛着零钱的破罐头盒，永远看得到锈蚀的罐底。我偶尔放一点儿钱进去，也是堵着耳朵到近前。

　　后来，他摆了一个小摊子，卖点儿手绢、袜子什么的，生意很淡。一天晚上，我回家，一下公共汽车，黑寂就包抄过来。原来这一片突然停电，连路灯都灭了，只有电线杆旁一束光柱如食指捅破星天。靠拢才见是那个盲人打了手电，在卖蜡烛、火柴，价钱很便宜。我赶紧买了一份，喜滋滋地觉着带回了光明给亲人。

　　之后的某个白日，我又在路旁看到盲人，就气哼哼地走过去，说，你也不能趁着停电发这种不义之财啊！那天你卖的蜡烛算什么货色啊？蜡烛油四下流，烫了我的手。烛捻儿一点儿也不亮，小得像个萤火虫尾巴。

他愣愣地把塌陷的眼窝对着我，半天才说，对不住，我……不知道……蜡烛的光……该有多大，萤火虫的尾巴……是多亮。那天听说停电，就赶紧批了蜡烛来卖。我只知道……黑了，难受。

我呆住了。那个漆黑的夜晚，即便烛火如豆，还是比完全的黑暗好了不知几多。一个盲人在为明眼人操劳，我还不分青红皂白地指责他，我好悔。

后来，我很长时间没到他的摊子买东西。确信他把我的声音忘掉之后，有一天，我买了一堆杂物，然后放下了五十块钱，对盲人说，不必找了。

我抱着那些东西，走了没几步，被他叫住了。大姐，你给我的是多少钱啊？

我说，是五十元。

他说，我从来没拿过这么大的票子。

见他先是平着指肚，后是立起掌根，反复摩挲钞票的正反面。

我说，这钱是真的。您放心。

他笑笑说，我从来没收到过假钱。谁要是欺负一个瞎子，他的心就先瞎了。我只是不能收您这么多钱，我是在做买卖啊。

我知道自己又一次错了。

不知他在哪里学了按摩，经济上渐渐有了起色，从乡下找了一个盲目的姑娘，成了亲。一天，我到公园去，忽然看到他们夫妻相跟着，沿着花径在走。四周湖光山色美若仙境，我想，这对他们来讲，真

此段盲人半天才说，省略号表示语言断断续续，凸显盲人既惭愧又无辜的心境，并与前文提到的蜡烛的价钱便宜呼应，写出了盲人虽然眼睛看不见，拙于言辞，但内心明亮、善良。

"确信他把我的声音忘掉"不仅是因为自己后悔误会盲人，心怀内疚，不想被认出；也是不想刺激盲人，希望能默默地帮助盲人。

一个"又"字，写出了我对盲人的两次误会，证明了健全人未必比盲人看得多，理解得多。同时，在结构上收束上文，引出下文盲人新一阶段的生活。

是一种残酷。

闪过他们身旁的时候，听到盲夫有些炫耀地问，怎么样？我领你来这儿，景色不错吧？好好看看吧。

盲妻不服气地说，好像你看过似的。

盲夫很肯定地说，我看过，常来看的。

听一个盲人连连响亮地说出"看"这个字，叫人顿生悲凉，也觉出一些滑稽。

盲妻反唇相讥道，介绍人不是说你胎里瞎吗？啥时看到这里好景色的呢？

盲夫说，别人用眼看，咱可以用心看，用耳朵看，用手看，用鼻子看……加起来一点儿不比别人少啊。

他说着，用手捉了妻子的手指，沿着粗糙的树皮攀上去，停在一片极小的叶子上，说，你看到了吗？多老的树，芽子也是嫩的。

那一瞬，我凛然一惊。世上有很多东西，看了如同未看，我们眼在神不在。记住并真正懂得的东西，必得被心房茧住啊。

后来盲夫妇有了果实，一个瞳仁亮如秋水的男孩。他渐渐长大，上了小学，盲人便天天接送。

初起那个孩童躲在盲人背后，跟着杖子走。慢慢胆子壮了，绿灯一亮，他就跳着要越过去。父亲总是死死拽住他，用盲杖戳着柏油路说，让我再听听，近处没有车轮声，我们才可动……

终有一天，孩子对父亲讲，爸，我给你带路吧。他拉起父亲，东张西望，然后一蹦一跳地越过地上的斑马线。于是盲人第一次提起他的盲杖，跟着目光如炬的孩子，无所顾忌地前行，脚步抬得高高的，轻捷如飞。

　　孩子越来越大了。当明眼人都不再接送这么高的孩子时，盲人依旧每天倚在校旁的杨树下，等待着。

赏析

　　文章以"盲人看"作为题目，不仅设置了悬念，同时也作为线索贯穿全文。文章丝丝入扣，层层推进。开头以场景切入。接着，用两个误会揭示了盲人比平常人更可贵的品质。盲人无法看清蜡烛的光芒，却卖蜡烛帮助他人看路；他看不到钞票的面额，却坚决拒绝别人的施舍。中间部分作者无意中发现盲人虽然无法看到四周的湖光山色，却可以用手、耳朵、心灵感知已经被健全人忽略的美好风景；最后，盲人每天的等待与欣喜，让我们不得不承认，盲人足够细心，足够珍惜，足够用心，因而比我们健全人看到的更多。我们是有眼无珠或者熟视无睹，盲人是心底明亮并用心收藏。他们看到的才是真正有价值而靠眼睛看不到的东西。

　　本文首尾照应、虚实结合、结构完整。是记叙文写作的很好的范例。

素面朝天

素面朝天。

我在白纸上郑重写下这个题目。夫走过来说，你是要将一碗白皮面对天空吗？

我说，有一位虢国夫人，就是杨贵妃的姐姐，她自恃美丽，见了唐明皇也不化妆，所以叫——

夫笑了，说，我知道，可是你并不美丽。

是的，我不美丽。但素面朝天并不是美丽女人的专利，而是所有女人都可以选择的一种生存方式。

看看我们周围。每一棵树，每一叶草，每一朵花，都不化妆。面对骄阳，面对暴雨，面对风雪，它们都本色而自然。它们会衰老和凋零，但衰老和凋零也是一种真实。作为万物灵长的人类，为何要将自己隐藏在脂粉和油彩的后面？

见一位化过妆的女友洗面，红的水黑的水蜿蜒而下，仿佛被洪水冲刷过后水土流失的山峦。那个真实的她，像在蛋壳里窒息得过久的鸡雏，渐渐苏醒过来。我觉得这个眉目清晰的女人才是我真正的朋友。片刻前被颜色包裹的那个形象，是一个虚伪的陌生人。

脸，是我们与生俱来的证件。我的父母，凭着它辨认出一脉血缘的延续；我的丈夫，凭着它在茫茫人海中将我找寻；我的儿子，凭着它第一次铭记住了自己的母亲……每张脸，都是一本生命的图谱。连脸都不愿公开的人，便像捏着一份涂改过的证件，有了太多的秘密。所有的秘密都是有重量的。背着化过妆的脸走路的女人，便多了劳累，多了忧虑。

化妆可以使人年轻，无数广告喋喋不休地告诫我们。我认识的一位女郎，盛妆出行，艳丽得如同一组霓虹灯。一次半夜里我为她传一个电话，门开的一瞬间，我惊愕不止。惨亮的灯光下，她枯黄憔悴如同一册古老的线装书。"我不能不化妆。"她后来告诉我，"化妆如同吸烟，是有瘾的。我已经没有勇气面对不化妆的自己。化妆最先是为了欺人，之后就成了自欺，我真羡慕你啊！"从此我对她充满同情。

"古老的线装书"的比喻，生动传神。女郎的述说，进一步写出了"化妆"的危害。

我们都会衰老。我镇定地注视着我的年纪，犹如眺望远方一面渐渐逼近的白帆。为什么要掩饰这个现实呢？掩饰不单是徒劳，首先是一种软弱。自信并不与年龄成反比，就像自信并不与美丽成正比。勇气不是储存在脸庞里，而是掌握在自己手中。化妆品不过是一些高分子的化合物、一些水果的汁液和一些动物的油脂，它们同人类的自信与果敢实在是不相干的东西，犹如大厦需要钢筋铁骨来支撑，而绝非几根华而不实的竹竿。

常常觉得化了妆的女人犯了买椟还珠的错误。请看我的眼睛！浓墨勾勒的眼线在说。但栅栏似的假睫毛圈住的眼波，却暗淡犹疑。请注意我的口唇！樱桃红的唇膏在呼吁。但轮廓鲜明的唇内吐出的话语，肤浅苍白……化妆以醒目的色彩强调以至强迫人们注意的部位，却往往是最软弱的所在。

论证化妆的本质是软弱、不自信。

磨砺内心比油饰外表要难得多，犹如水晶与玻璃的区别。

不拥有美丽的女人，并非也不拥有自信。美丽是一种天赋，自信却像树苗一样，可以播种，可以培植，可以蔚然成林，可以直到地老天荒。

我相信不化妆的微笑更纯洁而美好，我相信不化妆的目光更坦率而真诚，我相信不化妆的女人更有勇气直面人生。

假若不是为了工作，假若不是出于礼仪，我这一生将永不化妆。

赏析

文章从日常小事入手，来阐释生活中的深刻道理。通过对"化妆"的现象的分析，进而探讨"化妆"的本质，最后点出"拥有自信"和"磨砺内心"的重要性。

小切口，细分析，深思考，是这篇文章在行文上的一大特点。比喻和排比的恰当使用，是本文的另外一个特点。作者选择恰当的喻体，将抽象的道理变得浅显生动，给读者留下深刻印象。比如"磨砺内心比油饰外表要难得多，犹如水晶与玻璃的区别"一句，很恰当地用"水晶""玻璃"将"磨砺内心""油饰外表"的区别生动地传递了出来，相同点都是表面的晶莹透明，但是质量的高低却是不同的。

葵花之最

二十年前的那个春天，我是在昆仑山上度过的。

昆仑山其实只有一个季节——冬天，春节过后那段漫长而寒冷的日子被称之为春天，这是我们这帮小女兵从平原家中带来的习惯。

快到"五一"了，冰封的道路渐渐开通，春节慰问品运到了。五颜六色来自五湖四海的慰问袋最受欢迎。小伙子们希望从绣着花的漂亮布袋里，摸出一双精致的鞋垫，做一个浪漫的梦。姑娘们没有这份心思，只想找点稀罕的吃食，打打牙祭。整整一个冬天，除了脱水菜和军用罐头，没有见过绿色。可惜，关山重重。山路迢迢，花生走了油，瓜子变哈喇，沙枣颠成粉末，面粉烙的小果子像出土文物……

突然闻到一股奇异的清香。

那是一个绣着黄色"八一"和红色五星的小白口袋。针脚毛茸茸的，绣活手艺不高，想必出自一个笨手笨脚的胖姑娘。

打开一看，是一袋葵花子。颗颗像小炮弹一样结实，饱满得可爱。我们每人抢了一把，一尝，竟是生的。葵花子中埋着一封信。

"敬爱的解放军叔叔们……"

信是从广东省湛江市第二小学发出的。

我们趴在地图上找。唔，湛江，好远！那里是亚

幽默地交代了我们的生活环境与世隔绝，极为恶劣，为下文收到葵花子，又怕葵花子活不了作铺垫。

热带，一个很热的地方。

孩子们请求解放军叔叔们，把他们精心挑选出的葵花子，种在祖国的边防线上。

我们把手中的葵花子放回布袋。那清香，是阳光、土地和绿色植物的芬芳。

昆仑山咆哮的暴风雪，伴随我们进行讨论。

为什么只写给解放军叔叔？边防线上也有解放军阿姨呀。

在国境线上种葵花，多美妙的想法！每当葵花开放的时候，我们将有一条金色的国境线。

这根本不可能！昆仑山是世界第三极，雪线上连草都不长，还能开葵花？！

我们都默不作声了，只听见屋外风在嘶鸣。

大家决定由我给孩子们回一封信，就说葵花子是解放军阿姨们收到的。只是这里很冷很冷……

昆仑山的"夏天"到了。

信早已写好，却终于没有发出。我们大着胆子，把葵花子种在院子里。

人们都说活不了，却天天跑来看，松土施肥。

葵花发芽了。先探出两片嫩黄的叶子，像试探风向的小手掌，肥厚而天真。然后舒展腰肢，前仰后合生机盎然地长大起来。

昆仑山默默地认可了这些来自亚热带的绿色幼苗，就像它认可了我们一样。

然而，我们高兴得太早了。不知道该算是上个冬天最迟、还是下个冬天最早的一股冷风，冻死了绝大部分葵花。却奇迹般的保存下一棵幼苗。它并不是最强壮的，也许因为近旁有一块大石头。受到

> 比喻得当。葵花芽如试探风向的小手掌，肥厚，形似；天真，神似。舒展腰肢，前仰后合，拟人，形象地写出葵花对恶劣的自然环境准备不足，也为后文大量葵花被冻死作铺垫。

启发，我们用石头为葵花围起一圈不透风的篱笆。

现在，我们每天趴在石头围墙上看葵花，不知道的人，以为里面养着活蹦乱跳的小生灵。

这棵幸运的葵花，一往情深地看着太阳，勇敢地展开桃形的枝叶。茎上纤巧的绒毛，像蜜蜂翅膀一样，在寒风中抖个不停。也许它感到了昆仑山喜怒无常的威严，急匆匆地压缩自己生命的历程，才长到一尺高，就萌出了纽扣大的花蕾，压得最高处的茎叶微微下垂，好像惭愧自己为什么不长得更高一些。

那一年没有秋天。寒凝一切的风雪，毫无先兆地骤然降临。早上起来，天地一片苍茫，我们几乎是跌跌撞撞地扑向葵花。

"扑"可看出我们对葵花近乎信仰的热爱。

石围墙也被飓风吹得四散飘去，向日葵却凝然不动地站立在那里，在冰雕玉琢的莹白之中，保持着凄清的翠绿。叶片傲然舒展，像面面玻璃做的旗，发出环佩般的丁当之声。最不可思议的是，在它生命的最后一刻，居然绽开一朵明艳的花。那花盘只有五分硬币那么大，薄而平整，冰雪凝冻其上，像一块光滑的表蒙子。刚分裂出的葵花子还未成熟，像丝丝柳絮一样优雅地弯曲着，沁出极轻淡的紫色。最令人警醒的是花盘四周弹射出密集的黄色花瓣，箭头一般怒放着，像一颗永不泯灭的星。

向日葵身上的冰花越结越厚，最后凝固成一方柱形的冰晶。

广东省湛江市第二小学当年的孩子们，但愿不要看到我这篇小文。愿他们心中永存一条盛开葵花的金色国境。

假如有一天，我能重回昆仑山，在两座最高的山峰中间，有一块只有我们才知道的地方。在深深的永冻土层之下，有一方冰清玉洁的水晶，水晶中有一朵美丽绝伦的花，宛若雏菊半仰着脸，灿然微笑着……

我不知道它是不是世界上最小的葵花，但我知道它是世界上最高的葵花。

赏析

文章托物言志，讴歌了像葵花一样，在极端的环境里不屈不挠，乐观向上的昆仑山的边防战士。葵花的成长就是"我们"的成长，虽然都要经历风雨，但信念不灭，终能开出花朵，绽放光彩。文章结构完整，写一棵葵花的生长过程，同时写出葵花的生长环境和"我们"的精心呵护。结尾回答题目"最"的含义。

爱怕什么?

爱挺娇气挺笨挺糊涂的，有很多怕的东西。

爱怕撒谎。当我们不爱的时候，假装爱，是一件痛苦而倒霉的事情。假如别人识破，我们就成了虚伪的坏蛋。你骗了别人的钱，可以退赔，你骗了别人的爱，就成了无赦的罪人。假如别人不曾识破，那就更惨。除非你已良心丧尽，否则便要承诺爱的假象，那心灵深处的绞杀，永无宁日。

爱怕沉默。太多的人，以为爱到深处是无言。其实爱是很难描述的一种感情，需要详尽的表达和传递。爱需要行动，但爱绝不仅仅是行动，或者说语言和温情的流露，也是行动不可或缺的部分。我曾经和朋友们做过一个测验，让一个人心中充满一种独特的感觉，然后用表情和手势做出来，让其他不知底细的人猜测他的内心活动。出谜和解谜的人都欣然答应，自以为万无一失。结果，能正确解码的人少得可怜。当你自觉满脸爱意的时候，他人误读的结论千奇百怪。比如认为那是——矜持、发呆、忧郁……

一位妈妈，胸有成竹地低下头，做出一个表情。我和另一位女士愣愣地看着她，相互对视了一下，异口同声地说:"你要自杀!"她愤怒地瞪着我们说:"岂有此理!你们怎么那么笨?我此刻心头正充盈温情!"

愚笨的我俩挺惭愧的，但没等我们道歉的话出口，那妈妈恍然大悟道："原来是这样!怪不得我每次这样看着儿子的时候，他会不安地说：妈妈，我又做错了什么？你又在发什么愁？"

爱是那样地需要表达，就像耗竭太快的电器，每日都得充电。重复而新鲜地描述爱意吧，它是一种勇敢和智慧的艺术。

爱怕犹豫。爱是羞怯和机灵的，一不留神它就吃了鱼饵闪去。爱的初起往往是柔弱无骨的碰撞和翩若惊鸿的引力。在爱的极早期，就敏锐地识别自己的真爱，是一种能力更是一种果敢。爱一桩事业，就奋不顾身地投入。爱一个人，就斩钉截铁地追求。爱一个民族，就挫骨扬灰地献身。爱一桩事业，就呕心沥血。爱一种信仰，就至死不悔。

爱怕模棱两可。要么爱这一个，要么爱那一个，遵循一种"全或无"的铁则。爱，就铺天盖地，不遗下一个角落。不爱就抽刀断水，金盆洗手。迟疑延宕是对他人和自己的不负责任。

爱怕沙上建塔。那样的爱，无论多么玲珑剔透，潮起潮落，遗下的只是无珠的蚌壳和断根的水草。

爱怕无源之水。沙漠里的河啊，即便不是海市蜃楼，波光粼粼又能坚持几天？当沙尘暴袭来的时候，最先干涸的正是泪水积聚的咸水湖。

爱怕假冒伪劣。真的爱也许不那么外表光滑，色彩艳丽，没有精致的包装，没有夸口的广告，但它有内在的质量保证。真爱并非不会发生短路与损伤，但是它有保修单，那是两颗心的承诺，写在天地间。

爱是一个有机整体，怕分割。好似钢化玻璃，据

> "一不留神它就吃了鱼饵闪去"，用了拟人的手法，形象生动地写出了爱的羞怯与机灵，所以正需要我们用坚定和信仰来让它坚守下来。

说坦克轧上也不会碎，可惜它的弱点是宁折不弯，脆不可裁。一旦破碎，就裂成了无数蚕豆大的渣滓，流淌一地，闪着凄楚的冷光，再也无法复原。

爱的脚力不健，怕远。距离会漂淡彼此相思的颜色，假如有可能，就靠得近一点，再近一点，直到水乳交融亲密无间。万万不要人为地以分离考验它的强度，那你也许后悔莫及。尽量地创造并肩携手天人合一的时光吧。

爱像仙人掌类的花朵，怕转瞬即逝。爱可以不朝朝暮暮，爱可以不卿卿我我，但爱要铁杵磨成针，恒远久长。

爱怕平分秋色。在爱的钢丝上不能学高空王子，不宜做危险动作。即使你摇摇晃晃，一时不会跌落，也是偶然性在救你，任何一阵旋风，都可能使你飘然坠毁。最明智最保险的是赶快从高空回到平地，在泥土上留下深深脚印。

爱怕刻意求工。爱可以披头散发，爱可以荆钗布裙，爱可以粗茶淡饭，爱可以餐风宿露。只要一腔真情，爱就有了依傍。

爱的时候，眼珠近视散光，只爱看江山如画。耳是聋的，只爱听莺歌燕舞。爱让人片面，爱让人轻信。爱让人智商下降，爱让人一厢情愿。爱最怕的，是腐败。爱需要天天注入激情的活力，但又如深潭，波澜不惊。

说了爱的这许多毛病，爱岂不一无是处？

爱是世上最坚固的记忆金属，高温下不融化，冰冻不脆裂。造一架爱的航天飞机，你就可以驾驶着它，遨游九天。

> 钢化玻璃的比喻，强调了爱的整体性，不可被分裂。

> 排比，写出了"爱"的简单及需要真情的特点：爱是以真情为基础的。

爱是比天空和海洋更博大的宇宙，在那个独特的穹隆中，有着亿万颗爱的星斗，闪烁光芒。一粒小行星划下，就是爱的雨丝，缀起满天清光。

爱是神奇的化学试剂，能让苦难变得香甜，能让一分钟驻成永远，能让平凡的容颜貌若天仙，能让喃喃细语压过雷鸣电闪。

爱是孕育万物的草原。在这里，能生长出能力、勇气、智慧、才干、友谊、关怀……所有人间的美德和属于大自然的美丽天分，爱都会赠予你。

在生和死之间，是孤独的人生旅程。保有一份真爱，就是照耀人生得以温暖的灯。

前文写"爱怕什么"，这四段写"爱是什么"，用一系列形象生动的比喻，告诉我们爱的真谛：恒久浩瀚而又给生命带来积极的意义。

赏析

文章不仅充满了深刻的对爱的体悟，又拥有丰富的妙喻，让我们体会到"爱之怕"。如"耗竭太快的电器""吃了鱼饵闪去（的鱼）""沙上建塔""无源之水""仙人掌类的花朵""记忆金属"等等，化无形的情感为有形的具体实物，形象立体，别具生活气息，也使"爱"的论述充满了温情。

文章中选取的事例，如那个妈妈与孩子的小误会，令人深思。这些细致的生活锁事，我们往往会忽略，但作者能抓住这些细节，深入思考，她对人们的心理状态洞若观火，进而提炼出深刻的人生感悟，可谓独具慧眼。

爱需要适当地表达，爱会因为时空的变化而受到影响，但是真爱却能历经时空的考验，这种爱，可以是爱情，也可以是亲情、友情等等。真正的爱，应该如作者祈求的一样，是"能生长出能力、勇气、智慧、才干、友谊、关怀"的爱。全文警句迭出，情感充盈，排比句使文章富有感染力。

幸福的七种颜色

幸福应该有多少种颜色呢？

"说不清。"我回答。

大家听了可能有点迷糊，说："你自己既然不知道，为什么又曾说过幸福有七种颜色呢？"

在文化中，"七"这个数字有一点古怪。

欧洲人自古以来就格外钟情于"七"这个数字。最早的源头该是古希腊人，许多巧合都和"七"有关。希腊人认为自然界是由水、火、风、土四种元素组成的，而社会的基本细胞是家庭。把完整的家庭细分，是由父亲、母亲和孩子三方组成。再做一次加法，把自然和社会组成的世界统计一下，就有七种基本元素。古希腊人酷爱加法，认为世界的基本图形是正方形、三角形以及完美的圆形，毕达哥拉斯学派就是这一主张的坚定拥趸。你劳神把这些图形的角的数量加起来，哈！也是七。由于太多的东西与神秘的数字七有关，他们造七座坛、献七份祭、行七次叩拜之礼，什么都爱凑个七字。"七大主教""七大美德"，连罪也要数到"七宗罪"。当然，最著名的是神也喜欢七，于是一个星期是七天，第七天你可以休息。

七在佛教里面也是吉祥之数，有七宝、七层浮屠等。中华文化对七也颇有好感，《说文》里面说：

"七，阳之正。"这个七啊，常为泛指，表明多的意思，又神秘又空灵。

托尔斯泰老人家说，幸福的家庭都是相似的，惟有不幸的家庭，各有各的不幸。我当过多年的心理医生，觉得不幸的家庭都是相似的，惟有幸福的家庭却是各有各的不同。

你可能要说，这不是成心和托尔斯泰抬杠嘛！我还没有落到那种无事生非的地步。你想啊，只有香甜的味道，才可反复品尝，才能添加更多的美味在其中，让味蕾快乐起舞。比如椰蓉，比如可可，比如奶油……丰富的层次会让你觉得生活美好万象更新。如果那底味已是巨咸、巨苦、巨涩，任你再搁进多少冰糖多少香料都顷刻消解，那难耐难忍的味道依然所向披靡，让你除了干呕，再无良策。

> 用香甜的味道来比喻幸福，用苦涩来比喻不幸，前者丰富而后者单调，进而印证自己"觉得不幸的家庭都是相似的，惟有幸福的家庭却是各有各的不同"的论断，生动有趣。

早年间我在西藏阿里当兵，冬天大雪封山，零下几十度的严寒，断绝了和外界的一切联系，我们每日除了工作就是望着雪山冰川发呆。有一天，闲坐的女孩子们突然争论起来，求证一片黄连素的苦可以平衡多少葡萄糖的甜（由此可见，我们已多么百无聊赖）。一派说，大约500毫升5%的葡萄糖就可以中和苦味了。另外一派说，估计不灵。500毫升葡萄糖是可以的，只是浓度要提高，起码提到10%，甚至25%……争执不下，最后决定实地测查。那时候，我们是卫生员，葡萄糖和黄连素乃手到擒来之物，说试就试。方案很简单，把一片黄连素用药钵细细磨碎了，先泡在浓度为5%的葡萄糖水里，大家分别来尝尝，若是不苦了，就算找到答案了。要是还苦，就继续向溶液里添加高浓度的葡萄糖，直到不苦了为止，然后计算比例。临到实验开始，我突然有些许不安。虽然小女兵们利用工作之便，搞到这两种药品都不费吹灰之力，但藏北到内地山路迢迢，关山重重，物品运送到阿里不容易啊，不应这样为了自己的好奇暴殄天物。黄连碎末混入到葡萄糖液里，整整一瓶原本可以输入血管救死扶伤的营养液就报废了。至于黄连素，虽不是特别宝贵的东西，能省也省着点吧。我说："咱缩减一下量，黄连素只用四分之一片，葡萄糖液也只用四分之一瓶，行不行呢？"

我是班长，大家挺尊重我的意见的，说："好啊。"有人想起前两天有一瓶葡萄糖，里面漂了个小黑点，不知道是什么杂物，不敢输入病人身体里面，现在用来做苦甜之战的试验品，也算废物利用了。

试验开始。四分之一片没有包裹糖衣的黄连素被碾成粉末（记得操作这一步骤的时候，搅动得四周空气都是苦的），兑到 125 毫升浓度为 5% 的葡萄糖水中。那个最先提出以这个浓度就可消解黄连之苦的女孩率先用舌头舔了舔已经变成黄色的液体。她是这一比例的倡导者，大家怕她就算觉得微苦，也要装出不苦的样子，损害试验的公正性，将信将疑地盯着她的脸色。没想到她大口吐着唾沫，连连叫着："苦死了，你们千万不要来试，赶紧往里面兑糖……"我们为自己"以小人之心度君子之腹"感到羞惭，拿起高浓度的糖就往黄水里倒，然后又推举一个人来尝。这回试验者不停地咳嗽，咧着嘴巴吐着舌头说："太苦了，啥都别说了，兑糖吧……"那一天，循环往复的场景就是女孩子们不断地往小半瓶微黄的液体里兑着葡萄糖，然后伸出舌尖来舔，顷刻抽搐着脸，大叫："苦啊苦啊……"

直到糖水已经浓到了几乎要拉出黏丝，那液体还是只需一滴就会苦得让人打战。试验到此被迫告停，好奇的女兵们到底也没有求证出多少葡萄糖能够中和黄连的苦味。大家意犹未尽，又试着把整片的黄连泡进剩下的半瓶里去，趁着黄连还没有融化，一口吞下，看看结果如何。这一次很快得到证明，没有融化的黄连之苦，还是可以忍受的。

> "糖水已经浓到了几乎要拉出黏丝"，以夸张的手法写出了糖水之浓，但"那液体还是只需一滴就会苦得让人打战"，对比之中，可见细碎的黄连的苦是再浓的糖水都不能消解的。

把这个试验一步步说出来，真是无聊至极。不过，它也让我体会到，即使你一生中一定会邂逅黄连，比如生活强有力地非要赐予你极困窘的境遇，比如你遭逢危及生命的重患必得要用黄连解救，比如……你都可以毫无惧色地吞咽黄连。毕竟，黄连是一味良药啊！只是，千万不要人为地将黄连碾碎，再细细品尝，敝帚自珍地长久回味。太多的人习惯珍藏苦难，甚至以此自傲和自虐，这种对苦难的持久迷恋和品尝，会毒化你的感官，会损伤你对美好生活的精细体察，还会让你歧视没有经受过苦难的人。这些就是苦难的副作用。苦的力量比甜的力量要强大得多，不要把黄连碾碎，不要让它嵌入我们的生活。

> 由试验中用的黄连，联想生活中的苦难，升华了文章主旨，劝慰人们不要把细碎的苦难嵌入我们的生活，更不能珍藏苦难。同时引发下文对幸福的思考。

只要你认真寻找，幸福比比皆是。幸福不是一种颜色，也不是七种颜色，甚至也不是一百种颜色……幸福比所有这些相加还要多，幸福是无限的。

赏析

　　人们往往喜欢咀嚼或回忆自己的苦难，而作者却用自己的亲身经历和实践，告诉我们一个道理：苦难不能够细细地咀嚼，因为它会掩盖所有幸福的香甜。似乎在朴素而近乎琐碎的文字里刻画出生命的闪光玉石。

　　作者的主题是幸福，用笔却从其对立面，大段大段描写黄连之苦，进而让人明白幸福的多姿多彩，构思巧妙。

　　作家往往有着过人的心理洞察能力，"太多的人习惯珍藏苦难，甚至以此自傲和自虐"，想想现实生活中，不正是如此吗？很多人都把舔舐伤口当成生命的荣耀，这究竟是一种自傲还是自虐，人性的弱点也就显现出来了。

提醒幸福

我们从小就习惯了在提醒中过日子。天气刚有一丝风吹草动，妈妈就说，别忘了多穿衣服。才相识了一个朋友，爸爸就说，小心他是个骗子。你取得了一点成功，还没容得乐出声来，所有关切着你的人一起说，别骄傲！你沉浸在欢快中的时候，自己不停地对自己说：千万不可太高兴，苦难也许马上就要降临……

开篇便从生活日常人们经常"提醒"内容开始，自然过渡到"我们已经习惯于提醒"这一话题。

我们已经习惯于提醒，提醒的后缀词总是灾祸。灾祸似乎成了提醒的专利，把提醒染得充满了淡淡的贬义。

我们已经习惯了在提醒中过日子，看得见的恐惧和看不见的恐惧始终像乌鸦盘旋在头顶。

在皓月当空的良宵，提醒会走出来对你说：注意风暴。于是我们忽略了皎洁的月光，急急忙忙做好风暴来临的一切准备。当我们大睁着眼睛枕戈待旦之时，风暴却像迟归的羊群，不知在哪里徘徊。当我们实在忍受不了等待灾难的煎熬时，我们甚至会恶意地祈盼风暴早些到来。

在许多夜晚，风暴始终没有降临。我们辜负了冰冷如银的月光。

风暴终于姗姗地来了。我们怅然发现，所做的准备多半是没有用的。事先能够抵御的风险毕竟有限，世上无法预计的灾难却是无限的。战胜灾难靠的更多的是临门一脚，先前的惴惴不安帮不上忙。

当风暴的尾巴终于远去，我们守住零乱的家园。气还没有喘匀，新的提醒又智慧地响起来，我们又开始对未来充满恐惧的期待。

人生总是有灾难。其实大多数人早已练就了对灾难的从容，我们只是还没有学会灾难间隙的快活。我们太多注重了自己警觉苦难，我们太忽视提醒幸福。

请从此注意幸福！

幸福也需要提醒吗？

提醒注意跌倒……提醒注意路滑……提醒受骗上当……提醒宠辱不惊……先哲们提醒了我们一万零一次，却不提醒我们幸福。

也许他们认为幸福不提醒也跑不了的。也许他们以为好的东西你自会珍惜，犯不上谆谆告诫。也许他们太崇尚血与火，觉得幸福无足挂齿。他们总是站在危崖上，指点我们逃离未来的苦难。

> 大多数人迷失于寻找幸福的过程中。幸福是难能可贵的，需要提醒。

但避去苦难之后的时间是什么？

那就是幸福啊！

享受幸福是需要学习的，当幸福即将来临的时刻需要提醒。人可以自然而然地学会感官的享乐，人却无法天生地掌握幸福的韵律。灵魂的快意同器官的舒适像一对孪生兄弟，时而相傍相依，时而南辕北辙。

幸福是一种心灵的震颤，它像会倾听音乐的耳朵一样，需要不断的训练。

简言之，幸福就是没有痛苦的时刻。它出现的频率并不像我们想象的那样少。人们常常只是在幸福的金马车已经驶过去很远，拣起地上的金鬃毛说，原来我见过她。

人们喜爱回味幸福的标本，却忽略幸福披着露水散发清香的时刻。那时候我们往往步履匆匆，瞻前顾后不知在忙着什么。

世上有预报台风的，有预报蝗虫的，有预报瘟疫的，有预报地震的。没有人预报幸福。

其实幸福和世界万物一样，有它的征兆。

幸福常常是朦胧地、很有节制地向我们喷洒甘霖。你不要总希冀轰轰烈烈的幸福，它多半只是悄悄地扑面而来。你也不要企图把水龙头拧得更大，使幸福很快地流失。而需静静地以平和之心，体验幸福的真谛。

幸福绝大多数是朴素的。它不会像信号弹似的，在很高的天际闪烁红色的光芒。它披着本色的外衣，亲切温暖地包裹起我们。

幸福不喜欢喧嚣浮华，常常在暗淡中降临。贫困中相濡以沫的一块糕饼，患难中心心相印的一个眼神，父亲一次粗糙的抚摸，女友一个温馨的字条……这都是千金难买的幸福啊。像一粒粒缀在旧绸子上的红宝石，在凄凉中愈发熠熠夺目。

幸福有时会同我们开一个玩笑，乔装打扮而来。机遇、友情、成功、团圆……它们都酷似幸福，但它们并不等同于幸福。幸福会借了它们的衣裙，袅袅婷婷而来，走得近了，揭去帏幔，才发觉它有钢铁般的内核。幸福有时会很短暂，不像苦难似的笼罩天空。如果把人生的苦难和幸福分置天平两端，苦难体积庞大，幸福可能只是一块小小的矿石。但指针一定要向幸福这一侧倾斜，因为它有生命的黄金。

幸福有梯形的切面，它可以扩大也可以缩小，就看你是否珍惜。

我们要提高对于幸福的警惕，当它到来的时刻，激情地享受每一分钟。据科学家研究，有意注意的结果比无意要好得多。

当春天的时候，我们要对自己说，这是春天啦！心里就会泛起茸茸的绿意。

幸福的时候，我们要对自己说，请记住这一刻！幸福就会长久地伴随我们。

那我们岂不是拥有了更多的幸福！

所以，丰收的季节，先不要去想可能的灾年，我们还有漫长的冬季来得及考虑这件事。我们要和朋友们跳舞唱歌，渲染喜悦。既然种子已经回报了汗水，我们就有权沉浸幸福。不要管以后的风霜雨雪，让我们先把麦子磨成面粉，烘一个香喷喷的面包。

所以，当我们从天涯海角相聚在一起的时候，请不要踌躇片刻后的别离。在今后漫长的岁月里，有无数孤寂的夜晚可以独自品尝愁绪。现在的每一分钟，都让它像纯净的酒精，燃烧成幸福的淡蓝色火焰，不留一丝渣滓。让我们一起举杯，说：我们幸福。

所以，当我们守候在年迈的父母膝下时，哪怕他们鬓发苍苍，哪怕他们垂垂老矣，你都要有勇气对自己说：我很幸福。因为天地无常，总有一天你会失去他们，会无限追悔此刻的时光。

幸福并不与财富地位声望婚姻同步，它只是你

认识了幸福之后寻找起来就方便多了。掌握科学的认知方法也是不可缺少的素质。提高警惕，享受幸福。

提醒我们要及时感受与享受幸福。正如海伦·凯勒所说，当一扇幸福的门关上时，另一扇幸福之窗已经为你打开。不要错过生活中的幸福，并随时提醒自己享受身边触手可及的幸福。

心灵的感觉。

所以，当我们一无所有的时候，我们也能够说，我很幸福。因为我们还有健康的身体。当我们不再享有健康的时候，那些最勇敢的人可以依然微笑着说：我很幸福。因为我还有一颗健康的心。甚至当我们连心都不再存在的时候，那些人类最优秀的分子仍旧可以对宇宙大声说：我很幸福。因为我曾经生活过。

常常提醒自己注意幸福，就像在寒冷的日子里经常看看太阳，心就不知不觉暖洋洋亮光光。

赏析

幸福是人生最受欢迎的滋味，没有人不渴望和向往。

幸福不一定同步于财富、地位、声望、婚姻等，它只是你心里的感觉，更多的是一种心态。生活的智慧包含看懂生活和看懂生活后对待生活的态度，看懂的生活里面本已包含着一定成分的幸福，剩下幸福的多少大部分由我们对待生活的态度去感受和决定，因此需要不断去提醒幸福，如此方能更多地获得幸福。

幸福盲

若干年前，看过报道，西方某都市的报纸，面向社会征集"谁是世界上最幸福的人"这个题目的答案。来稿很踊跃，各界人士纷纷应答。报社组织了权威的评审团，在纷纭的答案中进行遴选和投票，最后得出了三个答案。因为众口难调意见无法统一，还保留了一个备选答案。

按照投票者的多寡和权威们的表决，发布了"谁是世界上最幸福的人"的名单。记得大致顺序是这样的：

一、给病人做完了一例成功手术，目送病人出院的医生。

二、给孩子刚刚洗完澡，怀抱婴儿面带微笑的母亲。

三、在海滩上筑起了一座沙堡的顽童，望着自己的劳动成果。

备选的答案是：写完了小说最后一个字的作家。

消息入眼，我的第一个反应仿佛被人在眼皮上抹了辣椒油，呛而且痛。继而十分怀疑它的真实性。这可能吗？不是什么人闲来无事，编造出来博人一笑的恶作剧吧？还有几分惶惑和恼怒，在心扉最深处，是震惊和不知所措。

也许有人说，我没看出这则消息有什么不对头

> 用"被人在眼皮上抹了辣椒油"来比喻"我"当时知道这个消息时的惊奇。

的啊！再说，这正是大多数人对幸福的理解，不是别有用心或是哗众取宠啊！是的是的，我都明白，可心中还是惶惶不安。当我静下心来，细细梳理思绪，才明白自己当时的反应，是一种深入骨髓的悲哀。原来我是一个幸福盲。

为什么呢？说来惭愧，答案中的四种情况，在某种程度上，我都一定程度地拥有了。我是一个母亲，给婴儿洗澡的事几乎是早年间每日的必修。我曾是一名医生，手起刀落，给很多病人做过手术，目送着治愈了的病人走出医院的大门的情形，也经历过无数次了。儿时调皮，虽然没在海滩上筑过繁复的沙堡（这大概和那个国家四面环水有关），但在附近建筑工地的沙堆上挖个洞穴藏个"宝贝"之类的工程，肯定是经手过了。另外，在看到上述消息的时候，我已发表过几篇作品，因此那个在备选答案中占据一席之地的"作家完成最后一字"之感，也有幸体验过了。

简述"我"曾经拥有或者现在正在体验着问卷调查中的四种幸福，其实"我"比起其他人是多么的幸运。

我集这几种公众认为幸福的状态于一身，可我不曾感到幸福，这真是莫名其妙而又痛彻的事情。我发觉自己出了问题，不是小问题，是大问题。这个问题如果不解决，我所有的努力和奋斗，犹如沙上建塔。从最乐观的角度来说，即使是对别人有所帮助，但我本人依然是不开心的。我哀伤地承认，我是一个幸福盲。

我要改变这种情况。我要对自己的幸福负责。从那时起，我开始审视自己对于幸福的把握和感知，我训练自己对于幸福的敏感和享受，我像一个自幼被封闭在洞穴中的人，在七彩光线下学着辨析青草和艳花，朗月和白云。体会到了那些被黑暗囚禁的盲人，手术后一旦打开了遮眼的纱布，那份诧异和惊喜，那份东张西望的雀跃和喜极而泣的泪水，是多么自然而然。

哲人说过，生活中缺少的不是美，而是发现美的目光。让我们模仿一下他的话：生活中也不缺少幸福，只是缺少发现幸福的眼光。幸福盲如同色盲，把绚烂的世界还原成了模糊的黑白照片。拭亮你幸福的瞳孔吧，就会看到被潜藏被遮掩被蒙蔽被混淆的幸福，就如美人鱼一般从深海中升起，哺育着我们。

> 生动地写出了"我"是如何解决"幸福盲"这一问题的。以"自幼被封闭在洞穴中的人"来比喻当时的"我"，形象地写出了"我"从头开始寻找幸福。

赏析

"幸福"是一个常谈不衰的话题，每个人对幸福的理解总是各有不同。本文从生活中一个普通的调查入手，引出"幸福盲"这个新奇的称呼。"盲"意味着看不见，如果说盲人的"盲"是一种客观的"黑暗"，那么"幸福盲"的"盲"则是一种主观的"黑暗"。是因为人们在这个快节奏的社会中，被尘世所羁绊，心灵渐渐被撒上了灰尘，连普通的幸福也不曾去感受到了。

文章结尾以人们所熟知的一句哲人的话来仿写自己对幸福的认识。以"色盲"来比喻"幸福盲"，生动地写出了得了"幸福盲"是一件多么悲哀的事情。最后以"美人鱼"来比喻"幸福"，写出了幸福的美好。

文章语言朴实自然，富有生活化，叙述简洁真诚，能引起读者共鸣。作者笔下的"幸福盲"也是我们的大问题。特别是文章最后那一个贴切的比喻句"幸福盲如同色盲，把绚烂的世界还原成了模糊的黑白照片"，让我们猛然惊醒，原来幸福在我们身边，只是我们缺少了对生活的热情。

洞茶上的字迹

那时，我 16 岁零 6 个月零 6 天，分到西藏阿里当兵。海拔 5000 米的高原，司务长分发营养品，递给我一筒水果罐头和一块黑糊糊的粗糙物件。说："罐头每人每月一筒半，筒不能切开，所以，这一个月只能给你一筒，下个月会给你两筒。"

我不放心地问："你不会记错吧？要不这个月你给我两筒，下个月给我一筒好了。"

司务长说："这女娃还挺财迷，我是干什么的！咋会记错？"

我不好意思了，说："我不财迷，罐头我要了，这东西就给别人吧。"

司务长白了我一眼说："这是砖茶，比那罐头可金贵！"

我慢吞吞像个老媪似的挪回了宿舍。到达海拔 4700 米的部队驻地刚几天，高原反应还没有过去，稍一快走，浑身颤抖如将死之鸟。那块黑糊糊的东西一不小心掉到雪上，边缘破损色黑如炭，衬得格外不成嘴脸。

我没有捡，弯腰太费体力。老医生看到了，心疼地说："关键时刻砖茶能救你命呢。"

我说："它根本不像见棱见角的砖，更不像青翠欲滴的茶。"

老医生说："不能从茶的颜色来判定茶的价值，就像不能从人的外表诊断病情。它叫青砖茶，是用茶树叶子中的老叶子压制而成，加以发酵，所以颜色黢黑。它的茶碱含量很高，在高原，茶碱可以兴奋呼吸系统。如果出现强烈的高原反应，喝一杯这茶，可缓解症状。它是高原之宝。"

我赶紧把黑茶片从雪地上捡起来，珍藏。没到过酷寒国境线上的人，难以想象砖茶给予边防军的激励。高原上的水，不到 70 度就迫不及待地开锅了，无法泡出茶中的有效成分。我们只有把茶饼掰碎，放在搪瓷缸里，灌上用雪化成的水，煨在炉火边久久地熬煮，如同煎制古老的药方。渐渐，一抹米白色的蒸汽袅袅升起，抖动着，如同披满香氛的纱。缸子中的水渐渐红了，渐渐黑了……平原青翠植物的精魂，在这冰冷的高原，以另外一种神秘的形式复活。

> "赶紧"一词写出了"我"对砖茶的珍视。表明老医生说的话，已让我对砖茶的态度发生了变化。运用比喻的修辞手法，把"米白色的蒸汽"比作"披满香氛的纱"，充满美感。

慢慢喝茶上瘾，便很计较每月发放砖茶的数量。司务长的手指就是秤杆，他从硕大的茶砖上掰下一片，就是你应得的分量。碰上某块特别硬，司务长会拿出寒光闪闪的枪刺，用力戳下一块。某月领完营养品，我端详这分到手的砖茶，委屈地说："司务长你克扣了我。"

当司务长的最怕这一指控，愤然道："小鬼你可要说清楚，我哪里克扣你？"

我说："有人用手指抠走了我的茶。你看，他还留下两道深痕。"

司务长说："哈！只留下了两道痕，算你好运。应该是三道痕的。那不是被人抠走的，是厂子用机器压下的商标，这茶叫'川'字牌。"

我说："茶厂机器压过的地方，是不是所用茶叶就比较少啊？"

司务长说："分量上应该并不少，可能压得比较瓷实，你多煮一会儿就是了。"

我追问："这茶是哪里出的啊？"

司务长说："川字牌，当然是四川的啊。万里迢迢运到咱这里，外面包的土黄纸都磨掉了，只有这茶叶上的字，像一个攀山的人，手抠住崖边往下滑溜又不甘心时留下的痕迹。"

"我"对砖茶的态度前后对比明显，这里也交代了"川"字牌砖茶对我的重要意义。

从此我与这砖茶朝夕相伴，它灼痛了我的舌，温暖了我的胃，安慰了我的心，润泽了我的脑，是我无声的知己。

11年后我离开高原回到北京，却再也找不到我那有三道沟痕标记的朋友。我丢失了它，遍找北京的茶庄也不见它踪影，好像它变成我在高原缺氧时的一个幻影，与我悄然永诀。

此后30余年，我品过千姿百态的天下名茶，用过林林总总的精美茶具，见过古乐升平的饮茶仪礼，却总充满若即若离的迷惘困惑。茶不能大口喝吗？茶不能沸水煮吗？茶不能放在铁皮缸子里煎吗？茶不能放盐巴吗？茶不能仰天长啸、一饮而尽吗？！

我不喜欢茶的矜持和贵族感，我不喜欢茶的繁文缛节。我不喜欢茶的一掷千金，我不喜欢茶的等级与身份。我不喜欢茶对于早春的病态嗜好，我不喜欢饮茶者故作高深的奢靡排场。

那一年我出差到了四川，听说当地出砖茶，满怀希望地买了一块，以为将要和老友重逢。细心地掰下一块儿，放入专门淘来的搪瓷缸子，点燃了炉火，慢慢地煮啊煮。好不容易等到可以喝了，大口畅饮，却依稀只感到一点微薄的近似，全然失却了当年的韵味。我绝望了——原来，我的舌头老了，我的味蕾老了。高原那相濡以沫朴素醇厚的黑茶，潜藏着警醒甘凛的味道，和我残酷的青春搅缠在一起，埋葬于藏北的重重冰雪之下，永不复返。

通过"专门""好不容易"表达了"我"对四川的砖茶的期待；"依稀""微薄"表达"我"品完砖茶却未找到"当年的韵味"的失落沮丧的心情。

2012 年 5 月，我到湖北赤壁一游。得知当地有"川"字砖茶，心中一动。它莫不是我的故人？又怕再次失望，便旁敲侧击问，明明是湖北的茶，为何要叫"川"字牌？

"故人"是将砖茶拟人化，写出"我"对砖茶的留恋和不舍。

原来这是一个象形意义的招牌。赤壁市古称蒲圻，有个老镇羊楼洞。此地土地肥沃，气候适宜，生长着 6 万亩茶树。加工制作的砖茶量大质优，享有盛名，故被称为"洞茶"。

环绕古镇是美丽的松峰山，山上有"石人""凉荫""观音"三条清澈的天然泉水，三水合一，即为一个"川"字，成了洞茶的商标。早在宋景德年间，大约距今 1000 年前，这里就开始了以饼茶与蒙古进行茶马互易。到了清咸丰年间，那时汉口还没有开埠，每年谷雨前后，山西茶商千里而来羊楼洞镇收茶。所制砖茶远销蒙古、新疆及俄国西伯利亚等地。到了 19 世纪 70 年代，名声大震，外地茶商纷至沓来，设立茶庄。以此镇为原点，东 50 公里，南 45 公里，西 40 公里，北 50 公里，形成产销洞茶的巨大绿色圆环。1878 年以后，砖茶从羊楼洞镇运至汉口后，取水路运上海、天津，然后再转陆路运抵张家口，再远销他方。20 世纪以后，砖茶出口更是如火如荼，砖茶贸易进入极盛时期。铺着青石板的羊楼洞古街上，有茶厂 30 余家，年产砖茶 30 余万箱。

关于这个"川"字茶的来历，还有一说。清乾隆年间，山西商人在羊楼洞镇开设了"山玉川茶庄""巨盛川茶庄"，生产帽盒茶，品质极佳。到了清咸丰末年，因为茶庄都有个"川"字，索性在所产砖茶上印上"川"字标记，让不识汉字的少数民族兄弟和外国商人，用手一摸，便能识别出他们的货物，想来类似今天的防伪标志吧。

不管是"山泉说"还是"茶庄说"，都证明这儿的洞茶历史悠久得天独厚，声名远播享誉中外。

有了上次的教训，不敢贸然相认。赵李桥茶厂是"川"字牌青砖茶的生产厂家。这天到了茶厂，开始品茶。礼仪小姐一番茶道，先让我兴趣索然。砖茶讲究的是熬煮，这厢只是沸水冲泡。砖茶喝法乃大碗豪饮，此地精致的小茶盅只有牛眼大。砖茶经雪水浸出，是深红色的，此刻碗中只是轻微的棕黄……一切都相差甚远。出于礼貌，我只轻浅地含了一口。

只这一口，如晴天霹雳，地动山摇。

> "晴天霹雳""地动山摇"运用夸张的手法写出"我"对找到分散多年的砖茶味道感到惊喜。

所有的味蕾，像听到了军号，骤然怒放。口颊的每一丝神经，都惊喜地蹦跳。天啊，离散了几十年的老朋友，在此狭路相逢相拥相抱。甘暖依然啊，温润如旧。可能是没有了冰水的沁洗，也许浸泡的时间还短，味道轻淡了很多。但它依然是它啊，轮廓未变，精髓未变。在口中荡漾稍久，熟稔的感觉烟霞般升腾而起。好似人已迟暮，蓦然遭逢初恋挚友，执手相望。岁月无情，模样已大变，白发斑斑，步履蹒跚。但随着时间一秒秒推移，豆蔻年华的青春风貌，如老式照片在水盆中渐渐显影，越发清晰。随后复苏的是我的食道和胃囊，它们锣鼓喧天欢迎老友莅临。人的所有器官中，味觉是最古老的档案馆，精细地封存着所有生命原初的记忆。胃更堪称最顽固的守旧派，一往情深抵抗到底。这些体内的脏器无法言语，却从未有过片刻遗忘。它们以一种不可思议的稳定，保持着青春的精准与纯粹。

最出乎意料的是双眼，竟然在一瞬间温水环绕。其实它还没有来得及看到那烙印般的"川"字的任何一竖道，就被穿越30年风霜的邂逅包围，难以自控。

激情化作一杯又一杯地喝茶，以表达内心的万千感慨。

青山绿水濡养的赤壁茶林，你可知道，你曾传递给边防军人多少温暖多少力量！冰雪漫天时，呷一口洞茶徐徐咽下，强大而涩香的热流注满口颊，旋即携带奔涌的力量滑入将士的肺腑，输送到被风寒侵袭的四肢百骸。让戍边的人忆起遥远的平原，缤纷的花草，还有年迈的双亲和亲爱的妻女。他们疲惫的腰杆重新挺直，成为国境线上笔直的界桩。他们僵硬的手指重新有力，扣紧了面向危险的枪机。他们困乏的双脚重新矫健，巡逻在千万里庄严的国土上。

"川"字牌洞茶啊，我欠你一个永恒的谢意。30余年未曾说出口，只因一直寻不到你。今天，我一定要买上很多很多块砖茶，送给当年我在阿里的战友，他们一定也在千方百计寻找你。送那个曾笑我财迷的司务长，对他说："川"字牌茶，不在四川而在湖北赤壁的羊楼洞。那位告诉我砖茶奥秘的老医生，已然谢世，我会按当年方法，熬煮一杯洞茶水，洒向大地，对天而祭。他在天堂一定闻得到这质朴的香气，沉吟片刻说："正是这个味道啊，好茶！"

> 寻觅了 30 余年终于再次重逢，抒发了心里对砖茶的感激之情。其中蕴含着对曾经军旅生活的怀念、对故友的思念。

赏析

文章以"洞茶"为线索，记叙了作者与"洞茶"之间的故事，也许许多人认为这一普通的物品不值得人们在它们身上寄托情感，而在作者的眼中，那一块砖茶就是她离散多年的老友，她每分每秒地挂念着那位真挚的"朋友"。

文章中作者对砖茶的情感变化生动有趣，跌宕起伏，值得我们借鉴。作者一开始参军厌烦那"黑糊糊的东西"；而老医生告诉她那块砖茶的珍贵和重要后，她逐渐喝茶上瘾、误会司务长克扣她，并明白砖茶的产地；后来离开高原便一直在寻找当年那种砖茶；当她真正品尝到砖茶时是如此的兴奋。

文章内容详尽，许多地方运用排比的修辞手法，形象、有气势地写出了作者对砖茶那种思念的味道，和砖茶对她的重要性。细节描写，形象地写出作者在品完那砖茶后独特的感受和思考，突出了作者对时光的感叹，为后文续写砖茶为边防战士带去温暖作铺垫。

本文按照时间顺序写作，使读者更加详尽了解到作者离开部队后又重新找回曾经那种味道的过程，表达了作者对军旅生活的怀念，对故友的思念和对茶砖茶香的留恋。

曼德拉的铅笔

女友自南非旅游归来，送我两件礼物。第一件，花锡箔包着，缎带系着。体积圆圆，若二两重的芝麻烧饼。我说，这是什么呢？南非特产？该不是送我这样大的一块钻石吧？

她轻声道，比钻石还要宝贵。

看女友轻柔的样子，好像锦盒之中藏着一只冬眠的蝴蝶。很想把这份神秘感带回家，隔山买牛细细猜测。但时下西风东渐，兴的是当面锣对面鼓地敲开礼物，然后受礼者作出兴奋得昏过去模样，夸张地赞叹，于是主客皆大欢喜。

只好将美丽的包装撕开。一坨晶莹剔透的玻璃芯，果真有一种未知物的标本，静静地潜伏在胆内。绿灰色，丝缕状，螺旋形，有依稀的纤维纹路浮现着，仿佛一圈华贵的水藻，凝固于北极寒冰中。

无法判断它的属性。急翻背面的说明签，看到一行触目的英文——BULLSHIT！

无论怎样顾及礼貌，我还是难以掩饰大惊失色。我们常常在电影斗殴里，听到这句粗口，它的大致含意是——粪便！

朋友说：这是野生的非洲大象的粪便。由于象群越来越少，它也成为奇特的纪念品。大象这种地球陆地上最庞大的生物，只因为牙的精美，被人们

步步设置悬念，引起读者好奇，同时也为后文铺垫。

比喻，既表现出女友对礼物的小心珍视之态，又营造出神秘之感，不禁令人遐想。

礼物精致华贵的包装与让人大惊失色的内容形成了强烈的反差，"触目""大惊失色"两个词语点出了"我"的意外和吃惊。

无穷无尽地猎杀，陷入灭顶之灾。据说大象为了维持自身的安全，它们的牙已缩得越来越短。不知道造化的法则，能否给象族以足够的时间，使它们在人类的枪口，击毙最后几对象夫妇之前，让祖传的长牙完全消失？那虽然顿减壮美，好歹保下种群的延续。可怕的是，也许到了下一个世纪，我们的后代会对着这盒标本说，哈！这是什么……不可能！哪一种动物会有如此粗大的排泄物？必是外星人遗下的无疑！

揭示此礼物宝贵的原因，利用朋友的话引发读者的深思。

物种的生命之链，比钻石要宝贵千倍啊。

朋友又拿出一沓照片，指点着给我讲南非的桌山和迷城，讲原名叫作"风暴角"，后来为了讨吉利，改叫"好望角"的非洲最南端，讲曼德拉所在的总统山和他曾被监禁的鲁宾岛……你看，这就是总统府啊，很平和的样子，是不是？曼德拉上班的时候，就把一面南非国旗，从办公室窗户里探出来，表示他正在此处理公务，老百姓要是有什么事，可以约了去见他。如果国旗不飘了，说明曼德拉这会儿暂时不在……喏，我把一枝曼德拉国度的铅笔送给你。

我接过第二件礼物。它没有包装，裸着身肢，外观同所有铅笔一样，纤细挺秀，掂在手里，却颇有几分重量。前半部很普通，木质包裹着石墨芯，常规模样。后半截却首尾相异，改成塑料造的中空管，管里灌满了南非岩石的碎渣滓，五颜六色，绚丽多彩。一块小小的橡皮头，堵住了塑料管开口处。既是塞子，又可涂擦纠错，保留了古典铅笔的功能。

我捏着铅笔，赞道：很好的纪念品。

女友说，其实这种铅笔最大的价值，在于保护树木。要知道，没有人能把一枝传统的铅笔，从头用到尾，分毫不剩。发明了铅笔帽，可能好一点，但还是没法百分之百地利用铅笔。无数木材，就这样被短短的铅笔头，吞噬掉了。人们对这个问题，置若罔闻了多少世纪，森林越来越少，今后再不能继续下去了。曼德拉铅笔既可实用，又有保存价值，而且可以举一反三地仿照。比如我们塔克拉玛干大漠的沙子，青海盐湖的晶盐，喜马拉雅山的石子，陕北的黄土……搜集来装进塑料管，是多么好的制造铅笔的原料和思乡的礼品啊！

分手的时候，女友讲了个小小的细节让我猜。

在南非最大的自然保护区——克鲁格国家公园，我们坐着车观赏野生动物。莽原上出没着犀牛、狮子、大象和豹，是猛兽天堂。我们被严令告知，千万不可擅自下车，并签了生死自负的文书。车在广漠的高原行进，不时听到狮啸，一种远古的恐惧，嗖地袭上心头。我看到剽悍的导游手持长枪，略略放下心，问他，如果我们被猛兽抓到，你会开枪吗？

会。他简短有力地答复。

紧接着，导游又补充了一句话。你猜说的是什么。女友问我。

这如何猜？你还是告诉我吧。我说。

那导游说道，当你被猛兽捕获，以免你遭受更大的痛苦，我们将开枪把你打死。我们的规定，不得射杀动物。

> 结尾的回答突破常规，利用先前的"剽悍的导游手持长枪"的细节和后文导游的回答形成了强烈的反差，让人意想不到，但又不得不深思，笔锋在此处戛然而止，留给读者更多的思考。

赏析

本文讨论了一个沉重的话题：人与自然的关系。通过第一件礼物来表现滥杀动物的后果，而第二件礼物以及后面的小故事则反映了南非人民与自然相处的新的模式，即保护自然，顺应自然。

本文在写作时采用了三个相对独立的小片段，三个片段有其自身的逻辑顺序，把大象粪便作为第一件礼物来叙述，主要是展现人类以错误的模式与动物相处之后已经造成或将会形成的严重后果。第二件礼物，曼德拉铅笔既实用，又能保护树木，这种合理利用资源，有效地保护自然的做法很正确。那么如果人的利益与动物的利益两相冲突时，该怎么办呢？不妨看看第三个片段，答案就是顺应自然，尊重自然法则。这样的认识突破了人的生命比动物的生命宝贵的局限，不将人凌驾于动物之上，不利用人类的工具去扰乱自然秩序。

文章虽然探讨的是一个沉重而深刻的主题，但作者并不作过多的议论，而只是利用友人之口稍做点拨，尤其是文末对于导游的意外的回答更是没有任何评论，这样反而更能引人深思，更能触及读者的心灵。